PETRA RÖDER

Liebe klopft nicht an

Petra Röder "Liebe klopft nicht an"
1. Auflage 2013

Satz: pdesign
Covergestaltung: Petra Röder
Umschlagmotiv:
© vgstudio - 123rf.com

PR Marketing
Dechsendorfer Str. 13
D-90431 Nürnberg
Druck: Create Space
ISBN-13: 978-1492358169
ISBN-10: 1492358169

www.petra-roeder.com

PETRA RÖDER

Liebe klopft nicht an

ROMAN

Kapitel 1

Kraftlos ließ Amy die Hand mit dem Telefonhörer sinken und starrte an die gegenüberliegende Wand. Wie aus weiter Ferne drang Jessicas Stimme an ihr Ohr, doch Amy war nicht in der Lage zu antworten. Kaum merklich schüttelte sie den Kopf, als sie sich Jessicas Worte noch einmal ins Gedächtnis rief.

»Seit du mit Dylan zusammen bist, hast du dich völlig verändert. Früher warst du lebensfroh und hast jeden Tag in vollen Zügen genossen. Deine Unbeschwertheit und Spontanität hat uns alle angesteckt. Jetzt sitzt du nur noch wie ein braves Heimchen in deiner Wohnung und wartest darauf, dass er sich bei dir meldet. Dein ganzes Leben dreht sich nur noch um diesen Typen, der, wenn ich ehrlich sein soll, ein echtes Arschloch ist. Du tust alles, was er sagt und deine eigenen Bedürfnisse lässt du links liegen. Manchmal kommt es mir so vor, als wärst du nicht seine Freundin, sondern seine Leibeigene. Und dabei merkst du gar nicht, dass dieser Scheißkerl dich nur ausnutzt.«

Wham, das hatte gesessen.

»Bist du noch dran?« Jessicas Stimme klang mittlerweile leicht besorgt. Amy schloss die Augen und holte tief Luft, bevor sie den Telefonhörer wieder an ihr Ohr hob.

»Ja, ich bin hier«, antwortete sie. Jessica atmete lautstark durch und setzte ihre Schimpftirade fort, ohne Amy die Chance zu lassen, etwas zu sagen.

»Das Einzige, was man diesem Kerl zugutehalten kann, ist sein Aussehen, mehr aber auch nicht«, schimpfte sie. Des Weiteren fielen noch Wörter wie: Intellektueller Geisterfahrer und Gefühls-Legastheniker, doch Amy war mit ihren Gedanken bereits ganz weit weg.

»Amy?«

»Ja?«

»Es tut mir leid, wenn ich eben etwas hart war, aber es tut mir in der Seele weh, dich so zu sehen.«

Amy schwieg. In ihrem Kopf überschlugen sich die Gedanken. Sie biss sich auf die Unterlippe, während sie angestrengt nachdachte. Sie wollte Jessicas Vorwürfe beiseiteschieben, aber insgeheim wusste Amy, dass ihre Freundin recht hatte. Jessica hatte das ausgesprochen, was Amy schon die ganze Zeit gewusst hatte, aber nicht wahrhaben wollte.

»Lass uns morgen weiterreden, ja?«, schlug sie mit dünner Stimme vor. Amy konnte förmlich spüren, wie Jessica am anderen Ende der Leitung die Stirn in Falten legte.

»Ist alles in Ordnung mit dir? Ich wollte dich wirklich nicht verletzen.«

»Keine Sorge, mir geht es gut. Ich bin dir nicht böse, aber ich brauche jetzt etwas Zeit für mich, um über alles nachzudenken«, versicherte sie ihr.

»Na gut, aber wenn du reden möchtest, dann rufst du mich an, egal, wie spät es ist.«

»Ja, das werde ich tun«, erwiderte Amy.

»Versprochen?«

»Versprochen!«

Nachdem Amy aufgelegt hatte, saß sie regungslos in ihrem gemütlichen, braunen Ledersessel und starrte stirnrunzelnd an die Wand. Unglücklich seufzend zwang sie sich wieder zurück in die Realität und fokussierte ihren Blick auf das alte Sideboard.

Ihre Augen wanderten langsam zu den unzähligen Fotos, die darauf standen. Sie starrte auf eine Aufnahme in der Mitte, die noch keinen Monat alt war. Auf dem Bild waren Dylan und sie abgebildet.

Er stand hinter ihr, hatte die Arme um ihren Oberkörper geschlungen und beide lachten in die Kamera.

Einige Strähnen von Amys langen, rotbraunen Haaren wehten ihr auf dem Foto ins Gesicht. Dylans kurze, schwarze Haare dagegen, schienen dem Wind standzuhalten und saßen perfekt. Nicht weiter verwunderlich, bei den Unmengen an Gel, das er permanent verwendete und das Amy immer aus dem Friseurladen mitgehen ließ, in dem sie arbeitete. Selbst der Motorradhelm konnte seine Frisur nicht zerstören. Sobald er ihn abnahm, sprangen seine Haare in die ursprüngliche Position zurück.

Dylan war braun gebrannt, was seine stechend grünen Augen noch mehr zur Geltung brachte. Er war fast zwanzig Zentimeter größer als Amy, mit ihren ein Meter siebzig. Auf den ersten Blick hätte man meinen können, ein glückliches Paar zu sehen, doch bei genauerem Hinsehen erkannte man, dass Amys Lachen ihre Augen nicht erreichte. Ein untrügliches Zeichen, dass etwas nicht stimmte.

Amy konnte sich noch sehr gut an den Tag, an dem das Foto gemacht wurde, erinnern. Sie hatte Dylan vorgeschlagen, an den Strand zu fahren, doch er hatte nur lächelnd abgewunken und ihr erklärt, dass er lieber eine Tour mit dem Motorrad machen wolle.

Amy hasste dieses verfluchte Gefährt, hatte aber nicht gewagt, ihm zu widersprechen. So war es jedes Mal. Nie nahm er Rücksicht auf ihre Bedürfnisse. Laufend fügte sie sich seinem Willen und immer wurde nur das gemacht, worauf er Lust hatte.

Genau wie beim Sex. Dylan war der stürmische Liebhaber mit einer nicht zu verleugnenden Ader zum Perversen, wogegen Amy sich nach mehr Zärtlichkeit und Romantik sehnte.

Ihre Gedanken wanderten ein Jahr zurück, als sie Dylan kennengelernt hatte. Es war an einem Samstagabend gewesen, als sie mit Freunden in einem der unzähligen Londoner Clubs gefeiert hatte. Amy war nach draußen gegangen, um etwas frische Luft zu schnappen und da hatte sie ihn erblickt.

Wie gebannt hatte sie ihn beobachtet, während er sich den Helm abgenommen und von seiner Harley gestiegen war.

Dylan hatte sie sofort in seinen Bann gezogen. Er sah geheimnisvoll und extrem gefährlich aus, mit seiner schwarzen Hose, den Bikerstiefeln und der braunen Lederjacke, die seine breiten Schultern betonte. Nachdem er das Motorrad abgestellt hatte, sah er ruckartig auf und ihre Blicke hatten sich getroffen. Genau in diesem Augenblick war es um Amy geschehen.

Noch am selben Abend hatte sie mit ihm geschlafen. Seither waren sie zusammen und das, obwohl Dylan so gar nicht dem entsprach, was Amy von einem Mann erwartete.

Er arbeitete nicht und hielt sich mit zweifelhaften Gelegenheitsjobs über Wasser. Angeblich handelte es sich dabei um Kurierdienste, doch Amy wollte gar nicht wissen, was sich in den Päckchen befand, die er hin und wieder auslieferte. Sie hatte auch niemals gefragt. Dylan faszinierte sie, doch er hatte auch eine ganz eigene Art, sie einzuschüchtern. Dazu musste er nichts sagen, ein Blick von ihm genügte.

Wenn das Geld bei Dylan knapp war, was häufig der Fall war, dann war es für ihn ganz selbstverständlich, dass Amy für die anfallenden Rechnungen aufkam.

Anfangs hatte sie diese Ausgaben noch mit ihrer Kreditkarte kompensieren und sich somit einen Aufschub verschaffen können, bis eines Tages die Verkäuferin im Supermarkt Amy bedauernd ansah und ihr erklärte, dass ihre Kreditkarte nicht akzeptiert wurde. Das war wohl mit Abstand der peinlichste Moment in Amys Leben gewesen. Mit feuerrotem Gesicht hatte sie kehrtgemacht und alle Lebensmittel wieder zurück ins Regal gestellt, während sie Dylan im Geiste verfluchte.

Dabei hatte sie sich immer einen Freund gewünscht, der mit beiden Beinen im Leben stand und der imstande war, irgendwann einmal eine Familie zu ernähren.

Je länger sie über all das nachdachte, desto ungläubiger schüttelte sie den Kopf. Wie blöd war sie eigentlich gewesen?

Amy quälte sich aus ihrem Sessel, ging zum Sideboard und nahm das Bild in die Hand, das sie die letzten Minuten angestarrt hatte.

Eine tiefe Falte bildete sich auf ihrer Stirn, als sie es genauer betrachtete.

Jessica hatte vollkommen recht, sie hatte sich verändert und das nicht zum Guten. Seit sie mit Dylan zusammen war, drehte sich ihr ganzes Leben nur noch um ihn. Er nutzte sie nur aus. Er kam und ging, wann es ihm passte und er gab ihr Geld schneller aus, als sie es verdienen konnte.

Das Schlimmste jedoch war, dass Amy sich dessen bewusst war und es einfach geschehen ließ.

Amy arbeitete fünf Tage die Woche in einem kleinen Londoner Friseursalon und hatte sich mittlerweile einen nicht unbeachtlichen Kundenstamm aufgebaut. Sie war immer mit ihrem Lohn und dem Trinkgeld, das sie als Friseurin im Mystery verdiente, gut zurechtgekommen, aber das war schon lange nicht mehr der Fall. Schon einige Male hatte sie ihren Chef um einen Vorschuss bitten müssen, weil Dylan wieder einmal diverse Wetten platziert und verloren hatte.

Früher hatte sie nur selten Geld von ihrem Konto abgehoben, da ihr Trinkgeld vollkommen ausreichend war, um das, was sie im Alltag benötigte, zu bezahlen. Doch seit Dylan in ihr Leben getreten war, hatte sich das geändert.

Schon kurz, nachdem sie sich kennengelernt hatten, war Amy aufgefallen, dass ihr Trinkgeld, das sie in einem großen Glas in der Küche aufbewahrte, rapide weniger wurde.

Anfangs schob sie diese Tatsache auf ihre eigene Schussligkeit und redete sich ein, dass sie das Geld selbst ausgegeben hatte und sich nur nicht mehr daran erinnerte. Doch irgendwann hatte er in ihrer Gegenwart einfach in das Glas gegriffen und sich dreist ein Bündel Scheine in die Tasche gesteckt.

Als sie ihn zur Rede stellte, hatte er nur gegrinst und erklärt, dass man in einer Beziehung alles teilte, und Amy war wieder einmal nicht imstande gewesen, ihm nicht zu widersprechen. Warum eigentlich nicht? Das war doch sonst nicht ihre Art.

Mittlerweile war es ganz normal, dass Dylan sich einfach bediente und sich nahm, was er wollte.

Amy taumelte rückwärts zum Sessel und ließ sich hineinfallen, den Bilderrahmen noch immer fest in Händen.

Meine Güte, sie war eine von den Frauen geworden, die sie früher immer so verabscheut hatte. Eine von denen, die unterwürfig alles taten, was der Mann sagte und es niemals wagten, ihm zu widersprechen.

Während sie das letzte Jahr mit Dylan Revue passieren ließ, begriff sie, dass all die Dinge, die sie störten, zum größten Teil ihre Schuld waren. Hätte sie frühzeitig widersprochen und sich nicht alles gefallen lassen, wäre es niemals so weit gekommen.

Doch sie hatte nichts gesagt und alles in sich hineingefressen. Jedes Mal, wenn sie geschwiegen und seine Launen erduldet hatte, wurde der Berg an Unzufriedenheit in ihr immer größer. Es ähnelte einer schleichenden Krankheit, deren erste Anzeichen man kaum wahrnimmt. So langsam und unauffällig, dass sie selbst es nicht bemerkt hatte, bis es schließlich zu spät war. Wie ein Geschwür, das jeden Tag ein kleines Stück weiter wuchs und sich unbemerkt vergrößerte.

Sie war mittlerweile siebenundzwanzig und befand sich in einem Lebensabschnitt, indem sie sich Gedanken über eine Familienplanung machte, doch mit Dylan waren diese Zukunftspläne nicht zu realisieren, soviel war klar. Er würde der ewige Rebell bleiben. Sich vorzustellen, dass er ein guter Vater sein könnte, war völlig absurd. Dazu war er viel zu egoistisch.

Wollte sie wirklich so weiterleben? Amy schüttelte vehement den Kopf. Nein, damit war jetzt Schluss.

Ihre Hand zitterte, als sie zum Telefonhörer griff und Jessicas Nummer wählte.

Kapitel 2

Amy schenkte der Bedienung ein freundliches Lächeln, als diese ihr den bestellten Espresso servierte. Jessica, die ihr gegenübersaß, musterte sie eindringlich.

Sie hatten fast die ganze Nacht telefoniert und jetzt war sich Amy absolut sicher. Sie würde Dylan den Laufpass geben. Heute war der erste Tag ihres dreiwöchigen Urlaubs und ihres neuen Lebens. Der perfekte Zeitpunkt, etwas zu ändern und nichts konnte sie von ihrem Entschluss abbringen.

»Ich bin so froh, dass du diesen Versager endlich in den Wind schießt«, sagte Jessica und nahm einen Schluck von ihrem Orangensaft. »Versteh mich nicht falsch, meine Süße, aber der Typ ist einfach das Letzte. Es war für mich immer unbegreiflich, wie du auf so einen Loser hereinfallen konntest. Aber wie sagt man so schön: Liebe macht blind«, seufzte sie.

»Falls es überhaupt Liebe war«, murmelte Amy. Mittlerweile war sie sich selbst nicht mehr sicher, was ihre Gefühle für Dylan betraf. Als sie ihn kennengelernt hatte, war es seine geheimnisvolle Art gewesen, die sie fasziniert hatte. Sie hatte ihn bewundert, weil er tat, worauf er Lust hatte und auf niemanden Rücksicht nahm. Für Dylan gab es nur eines, was wichtig war und das war er selbst.

»Wann willst du es ihm sagen?«, erkundigte sich Jessica neugierig.

Bei dem Gedanken, an das bevorstehende Gespräch lief Amy ein kalter Schauer über den Rücken. Sie hatte keine Ahnung, wie Dylan reagieren würde, wenn sie mit ihm Schluss machte.

»So bald wie möglich«, antwortete sie. Jessica nickte zustimmend.

»Je eher, desto besser.«

»Ich muss nur noch einen Weg finden, wie ich es ihm am besten beibringe. Er wird nicht begeistert sein und ich habe keine Lust auf eine stundenlange Diskussion«, sagte sie so leise, dass sie kaum zu verstehen war.

In Wirklichkeit hatte sie Angst, dass sie nicht stark genug war und Dylan sie überreden würde, es doch noch einmal zu versuchen. Es wäre nicht das erste Mal, dass ihm das gelingen würde.

Jessica kratzte sich am Kopf und verzog nachdenklich den Mund. Plötzlich hellte sich ihre Miene auf und sie schenkte Amy ein breites Grinsen.

»Ich habe die perfekte Lösung«, flötete sie aufgeregt.

»Und die wäre?«

»Du gibst diesem Honk den Laufpass und morgen fahren wir zusammen zur Hochzeit meiner Cousine Ashley.«

Amy runzelte die Stirn. Sie erinnerte sich nur

vage, dass Jessica eine Hochzeit erwähnt hatte, zu der sie eingeladen war.

»Zur Hochzeit deiner Cousine?«

»Ja, ich habe dir schon von ihr erzählt. Sie heiratet diesen Industriellen James Benson. Der Typ stinkt vor Geld. Nicht, dass Ashley auf seine Kohle angewiesen wäre, ihre Eltern sind ja selbst unverschämt reich. Dementsprechend protzig wird auch die Hochzeit sein. Wie ich mitbekommen habe, sollen über 200 Gäste kommen.« Sie zwinkerte Amy verschwörerisch zu, bevor sie weitersprach. »Und das Beste daran ist, dass es dort von wohlhabenden Junggesellen nur so wimmelt.«

Amy winkte lächelnd ab. Das Letzte, was sie jetzt brauchte, war eine neue Beziehung. Zumal sie die mit Dylan noch nicht einmal beendet hatte.

Bei dem Gedanken, dass wahrscheinlich nur Gäste geladen waren, die den oberen Zehntausend angehörten, fühlte sich Amy unbehaglich. Was um alles in der Welt sollte sie denn zu einem solchen Anlass anziehen? Sie hatte kaum elegante Kleider, bis auf einen schwarzen Hosenanzug, der immer dann herhalten musste, wenn es etwas seriöser zuging.

Sie beäugte so unauffällig wie möglich die Kleidung ihrer Freundin. Jessica kam aus gutem Haus und war stets tadellos gekleidet. Heute trug sie ein beigefarbenes Spitzenoberteil und eine farblich passende Hose.

Amys Blick wanderte zu Jessicas Schuhen, die auch Beige waren. Stirnrunzelnd sah sie ihre Freundin an.

»Was ist los?«, wollte Jessica wissen.

»Du trägst heute ausschließlich beige Klamotten«, erklärte Amy nachdenklich.

»Die Farbe nennte sich Creme, nicht Beige und ist gerade sehr angesagt«, erwiderte Jessica vorwurfsvoll.

»Du siehst aus, wie ein orthopädischer Stützstrumpf«, rutschte es Amy heraus. Jessy schnaubte empört und öffnete den Mund, um etwas zu sagen, schloss ihn jedoch gleich wieder und schüttelte seufzend den Kopf.

»Modebanause«, murmelte sie kaum hörbar.

Amy grinste und seufzte leise. Auch wenn Jessicas Farbwahl nicht ganz ihrem eigenen Geschmack entsprach, so handelte es sich bei den Klamotten ihrer Freundin doch um sündhaft teure Designerware.

Da konnte Amy nicht mithalten, oder besser gesagt, ihr Geldbeutel konnte es nicht.

Sie konnte sich kaum noch erinnern, wann sie sich das letzte Mal etwas Schickes geleistet hatte. Im letzten Jahr hatte sie ausschließlich in Secondhandläden eingekauft, oder einige Kleidungsstücke bei eBay ersteigert.

»Ich soll dich begleiten? Aber ich habe nichts Passendes zum Anziehen, bis auf meinen schwarzen Hosenanzug«, gab sie zu bedenken.

»Der Anzug ist völlig okay. Ich leihe dir ein paar auffallende Schmuckstücke und schon siehst du aus, wie eine reiche Lady«, versicherte ihr Jessica kichernd.

Amy biss sich auf die Unterlippe und dachte angestrengt nach. Sie kam zu der Erkenntnis, dass sie sich viel zu viele Sorgen machte. Es war wirklich an der Zeit, dass sie wieder etwas lockerer wurde und etwas Ablenkung wäre jetzt genau das Richtige.

»Und du bist dir sicher, dass es in Ordnung ist, wenn ich mitkomme?«

Ihre Freundin nickte eifrig und grinste noch immer über das ganze Gesicht.

»Du hast doch sowieso Urlaub und auf meiner Einladung steht, dass ich eine Begleitperson mitbringen kann. Da ich momentan keinen Freund habe, nehme ich einfach dich mit. Die Hochzeit selbst ist erst am kommenden Samstag, aber vorher gibt es noch einen Empfang, den Junggesellinnenabschied und ein Picknick. Außerdem könnten wir ein paar Ausflüge unternehmen und die Gegend unsicher machen. Die Landschaft bei Crugmeer ist wunderschön und etwas Abstand würde dir sicherlich guttun. Obendrein wärst du dann nicht in Dylans Nähe, nachdem du ihn in den Wind geschossen hast und er hätte keine Möglichkeit, dich wieder umzustimmen«

Amy nickte kaum merklich. Der Gedanke, eine

Woche wegzufahren und abzuschalten war wirklich verlockend, auch wenn sie sich einen solchen Ausflug eigentlich nicht leisten konnte.

In den letzten Wochen hatte sie immer einen Teil ihres Trinkgeldes beiseitegelegt, dort, wo Dylan es nicht finden konnte. Viel hatte sie noch nicht zusammengespart, doch wenn sie nicht zu sehr über die Stränge schlagen würde, käme sie mit den knapp 200 Pfund über die Runden.

Da sie ja jetzt mit Dylan Schluss machte, sollte sie auch wieder mit ihrem Lohn zurechtkommen und könnte das Ersparte verwenden, ohne ein schlechtes Gewissen zu haben.

»Was sagst du?« Jessica klang aufgeregt und sah Amy erwartungsvoll an.

»Wenn es wirklich in Ordnung ist, dass ich mitkomme, dann gerne«, antwortete sie lächelnd. Ihre Freundin klatschte erfreut in die Hände.

»Na prima«, flötete sie entzückt.

»Und du bist sicher, dass niemand etwas dagegen hat, wenn ich dich begleite?«, versicherte sich Amy noch einmal.

»Ich habe dir doch gesagt, dass ich eine weitere Person mitbringen kann. Ich hatte schon mit dem Gedanken gespielt, kurzfristig abzusagen, weil ich nicht alleine fahren wollte, aber wenn du mitkommst, sieht die Sache ganz anders aus. Wir lassen es richtig krachen und werden viel Spaß haben.«

»Wo liegt dieses Crugmeer eigentlich«,

erkundigte sich Amy.

»In der Nähe von Padstow«, erklärte ihre Freundin. Als sie jedoch Amys fragenden Gesichtsausdruck sah, fügte sie rasch hinzu: »Etwa 400 Kilometer von hier, an der Westküste. Die Landschaft dort ist einfach wunderschön. Als Kind habe ich immer die Sommerferien in Crugmeer verbracht. In der Nähe gibt es unglaubliche Klippen und nicht weit entfernt liegt Padstow Beach, ein absoluter Traumstrand.«

»Und wann würden wir fahren?«

»Morgen«, antwortete Jessica. »Mein Cousin Taylor wird uns mitnehmen.«

»Taylor?«, murmelte Amy nachdenklich und versuchte sich zu erinnern, ob sie ihn schon einmal kennengelernt hatte.

»Ihr seid euch noch nie begegnet«, beantwortete Jessica ihre unausgesprochene Frage. »Taylor ist ein überaus erfolgreicher Investmentberater und war einige Jahre beruflich in Rom. Er ist erst seit Kurzem wieder in London.«

»Dann sollte ich wohl das Gespräch mit Dylan schnellstmöglich über die Bühne bringen, wenn es morgen schon losgeht«, seufzte Amy und erschauderte bei dem Gedanken.

Kapitel 3

»Das kannst du vergessen«, schrie Dylan aufgebracht und sah sie finster an. Sein Kopf war dunkelrot vor Wut.

Es war genau das eingetreten, was Amy befürchtet hatte. Er akzeptierte ihre Entscheidung nicht und war stinksauer.

»Zu einer Beziehung gehören immer noch zwei. Ich habe lange über uns nachgedacht und bin zu dem Entschluss gekommen, dass es besser ist, wenn wir Schluss machen«, entgegnete sie und versuchte ihrer Stimme einen festen Klang zu geben.

Er ging auf sie zu und blieb nur wenige Zentimeter vor ihr stehen, sodass Amy den Kopf heben musste, um ihn anzusehen.

»Du wirst dich nicht von mir trennen«, knurrte er. Unweigerlich trat sie einen Schritt zurück, um etwas Abstand zwischen sich und Dylan zu bringen. Sie holte tief Luft, straffte ihren Rücken und nahm all ihren verbleibenden Mut zusammen.

»Das werde ich sehr wohl und du wirst dich damit abfinden müssen. Zwischen uns ist es aus.«

Seine Augen verengten sich und seine Hand zuckte. Für einen kurzen Moment glaubte Amy, er wolle sie schlagen, doch dann schloss er die Augen und atmete tief durch. Als er sie schließlich ansah, war sein Blick eiskalt, doch seine Stimme war etwas ruhiger.

»Anscheinend bist du gerade etwas durcheinander. Deshalb werden wir diese lächerliche Diskussion jetzt beenden und erst dann wieder aufnehmen, wenn du dich beruhigt hast«, erklärte er kühl.

»Ich bin überhaupt nicht durcheinander und es gibt auch keinen Grund, diese Unterhaltung irgendwann weiterzuführen. Ich habe meine Entscheidung getroffen und daran wird sich nichts mehr ändern«, gab sie aufgebracht zurück. War der Kerl eigentlich schwer von Begriff?

»Tu das nicht«, sagte er sanft, doch in seiner Stimme lag etwas Bedrohliches. Er hob die Hand, um ihr eine Strähne aus dem Gesicht zu streichen, doch sie wich erneut zurück.

»Ich glaube, es ist besser, wenn du jetzt gehst«, forderte sie ihn auf und deutete zur Tür. Er starrte sie düster an und eine tiefe Falte bildete sich zwischen seinen Brauen.

»Du machst einen großen Fehler, Amy.«

»Das sehe ich nicht so.«

»Das letzte Wort ist noch nicht gesprochen«, entschied er, starrte sie einige Sekunden lang an und verließ anschließend das Zimmer. Sie folgte ihm in den Flur, um sicherzugehen, dass er auch wirklich ging.

Kurz bevor er die Haustür erreicht hatte, sah er auf das Sideboard und blieb stehen. Amy folgte seinem Blick und stöhnte im nächsten Moment innerlich auf, als seine Hand das Geldbündel griff, das dort lag. Während er die 200 Pfund in seine Hosentasche schob, grinste er sie an.

»Bis bald meine Kleine.«

»Leg sofort das Geld wieder zurück«, fauchte sie aufgebracht, doch Dylan schenkte ihren Worten keinerlei Beachtung.

Nachdem die Haustür mit einem lauten Krachen ins Schloss gefallen war, starrte Amy noch eine ganze Weile auf die Tür, bevor sie zurück ins Wohnzimmer ging, und sich in den Sessel fallen ließ.

Tränen der Wut stiegen ihr in die Augen und liefen ihr schließlich über die Wangen.

Dieser Arsch hatte das Geld genommen, das sie für die kommende Woche eingeplant hatte. Weshalb war sie auch so blöd gewesen und hatte es auf dem Sideboard liegen lassen? Sie schniefte und wischte sich die Tränen mit dem Handrücken aus dem Gesicht.

Sie hatte nicht schnell genug reagiert. Andererseits, was hätte sie tun können? Dylan hätte das Geld niemals wieder zurückgegeben und körperlich hatte sie keine Chance gegen ihn. Jetzt war sie wieder einmal pleite und hatte keine Ahnung, was sie tun sollte.

Ihr Konto war dank Dylan bereits so weit überzogen, dass sie nichts mehr abheben konnte und Eltern, die sie hätte anpumpen können, hatte sie nicht mehr.

Die einzige Möglichkeit, die ihr noch blieb, war Henry, ihr Chef. Er wäre bestimmt nicht begeistert, wenn sie ihn schon wieder um einen Vorschuss bitten würde, aber einen Versuch war es wert. Irgendwie würde sie etwas Geld auftreiben und wenn sie eine Bank überfallen musste.

Sie wollte ihren Urlaub nicht hier verbringen, wo Dylan jederzeit auftauchen und auf sie einreden konnte.

Amy wusste, dass er nicht aufgeben würde und eine weitere Auseinandersetzung mit ihm unausweichlich schien, aber für den Augenblick war sie ungemein erleichtert, dass alles relativ reibungslos über die Bühne gegangen war.

Sie hatte sich auf eine heftigere Diskussion vorbereitet und war erstaunt, wie einfach er es ihr gemacht hatte.

Das lag sicherlich auch daran, dass Dylan die ganze Nacht auf Tour gewesen war und dementsprechend erschöpft ausgesehen hatte. Doch sobald er etwas geschlafen und sich ausgeruht hatte, würde er wieder ganz der Alte sein, soviel war klar.

Für Dylan war die Angelegenheit noch lange nicht aus der Welt. Spätestens heute Abend würde er erneut auftauchen, aber dann war sie schon längst nicht mehr da.

Auf Amys Züge legte sich ein Grinsen, als sie sich vorstellte, wie Dylan vor ihrer Wohnung stehen und vergeblich klingeln würde. Ihre Miene wurde schlagartig ernst. Wie Dylan wohl reagieren würde, wenn niemand öffnete? Sie traute ihm durchaus zu, dass er imstande war, die Tür einzutreten.

Sie scheuchte die Gedanken daran mit einer Handbewegung beiseite. Amy würde Mr Crony, ihren Nachbarn bitten, ein Auge auf die Wohnung zu haben.

Der einsiedlerische Rentner saß den ganzen Tag in seiner Wohnung und wartete nur darauf, dass er sich über einen seiner Nachbarn beschweren konnte. Schon mehrfach hatte er wegen angeblicher Lärmbelästigung die Polizei gerufen und das würde er mit Sicherheit auch tun, wenn Dylan vor ihrer Wohnungstür zu randalieren begann.

»Ich kann dir gar nicht sagen, wie sehr ich mich auf diese Woche freue«, säuselte Jessica aufgeregt. Amy nickte abwesend. Es fiel ihr schwer zuzuhören, da sie in Gedanken zum hundertsten Mal den Inhalt ihres Koffers durchging. Hatte sie auch wirklich nichts vergessen?

Zu ihrer Erleichterung hatte ihr Chef einem weiteren Vorschuss zugestimmt und nun befanden sich 150 Pfund in ihrer Geldbörse. Nicht viel, aber besser als nichts. Wie Jessica ihr versichert hatte, würden sie im Elternhaus der Braut unterkommen, was bedeutete, dass sie keine Übernachtungskosten einberechnen musste.

»Sag mal, hörst du mir überhaupt zu?«, erkundigte sich Jessica empört. Amy sah auf.

»Sorry, aber irgendwie werde ich das Gefühl nicht los, etwas vergessen zu haben«, entschuldigte sie sich. Ihre Freundin machte eine wegwerfende Geste.

»Dieses Gefühl hat man doch immer, wenn man verreist. Mach dich nicht verrückt. Wenn dir etwas fehlt, können wir es dort kaufen. Wir müssen sowieso in den Laden, wo Ashleys Brauttisch steht, um etwas zu kaufen.«

Amys Magen zog sich zusammen. Dass sie dem Brautpaar etwas schenken musste, hatte sie völlig verdrängt. Der Brauttisch war sicher mit Geschenken beladen, die ihr Budget sprengen würden. Amy spürte, wie sich Panik in ihr ausbreitete, doch sie versuchte, sich zu beruhigen. Im schlimmsten Fall würde sie sich eben alleine auf die Suche machen, um etwas Günstiges zu finden, das nicht billig wirkte.

Amy nickte und konzentrierte sich wieder auf ihre Freundin, die neben ihr am Straßenrand stand und den Hals reckte.

»So langsam müsste Taylor aber mal auftauchen«, brummte sie und begann zu hüpfen, um mehr von der Straße zu sehen. Amy musste unweigerlich lächeln, als sie Jessica dabei beobachtete, wie sie wie ein Gummiball auf und absprang. Ihr schwarzes Haar, das sie zu einem Pferdeschwanz zusammengebunden hatte, folgte leicht zeitverzögert der Bewegung ihres Körpers. Jessica war etwas kleiner als Amy und um einiges schlanker. Nicht, dass sie selbst zu viel auf den Rippen hatte, aber sie besaß diese weiblichen Rundungen, die ihrer Freundin fehlten. Jessica hatte eine eher knabenhafte Figur und ließ keine Gelegenheit aus, sich lautstark darüber zu beschweren.

Jetzt standen die beiden Freundinnen wie bestellt und nicht abgeholt auf dem Gehweg vor Jessicas Wohnung und warteten darauf, dass dieser Taylor auftauchte. Neben den beiden Frauen standen zwei Hartschalenkoffer und diverse kleinere Taschen.

Amys Blick fiel auf das viele Gepäck.

»Es ist wohl doch etwas Wahres daran«, murmelte sie lächelnd. Ihre Freundin sah sie verwirrt an.

»Was meinst du?«

Sie deutete auf die Koffer und Taschen am Boden.

»Daran, dass Frauen immer so viel einpacken, als würden sie zu einer dreimonatigen Weltreise aufbrechen, auch wenn sie nur für ein paar Tage wegfahren.«

»Besser zu viel, als zu wenig.«

Bevor Amy etwas erwidern konnte, begann

Jessica hektisch mit beiden Armen zu winken. Kurz darauf fuhr ein schwarzer BMW an den Straßenrand und hielt direkt neben ihnen an.

Die Fahrertür öffnete sich und Jessica verfiel in ein freudiges Kreischen, als ihr Cousin aus dem Wagen stieg. Während sie ihm stürmisch um den Hals fiel, starrte Amy Taylor mit offenem Mund an.

Taylor Morgan war ungefähr genauso groß wie Dylan und auch er war dunkelhaarig. Doch im Gegensatz zu Amys Exfreund bestand seine Frisur nicht ausschließlich aus Gel. Taylors leicht gelockte Haare waren weder lang, noch kurz. Sie fielen ihm bis über die Ohren und wirkten leicht zerzaust, was aber unverschämt gut aussah.

Als er sich aus Jessicas Umklammerung löste, fiel sein Blick auf Amy und seine haselnussbraunen Augen musterten sie interessiert.

»Und wer ist das?«, erkundigte er sich bei seiner Cousine, ohne den Blick von Amy abzuwenden.

»Darf ich vorstellen, meine beste Freundin Amy Garner. Sie wird mich begleiten«, erklärte Jessica.

Taylor trat lächelnd einen Schritt auf Amy zu und reichte ihr die Hand, die sie nach kurzem Zögern ergriff. Als sie sich berührten, begann etwas in Amys Magen zu flattern.

»Es freut mich, dich kennenzulernen«, begrüßte Taylor sie mit einer tiefen, melodischen Stimme.

»Mich auch«, krächzte Amy verlegen. Sie spürte,

wie ihr das Blut in die Wangen schoss.

Schon war Jessica wieder an seiner Seite und hakte sich bei Taylor unter.

»Amy hat gerade mit ihrem Freund Schluss gemacht, weil er ein absoluter Loser ist, der es nie zu etwas bringen wird. Und da es auf der Hochzeit von reichen Typen nur so wimmelt, machen wir uns dort auf die Suche«, flötete Jessica ihrem Cousin entgegen.

Bei Jessicas Worten zuckte Amy zusammen. Am liebsten hätte sie ihre Freundin an den Schultern gepackt und geschüttelt. Was musste Taylor denn jetzt von ihr denken?

Als sie ihm ein entschuldigendes Lächeln zuwarf, sah sie, dass seine Züge sich verhärtet hatten und er sie mit kalten Augen musterte.

»Viel Glück bei der Männerjagd«, sagte er kühl und drehte sich wieder zu seiner Cousine, ohne Amy eines weiteren Blickes zu würdigen.

»Idiot«, murmelte Amy verstimmt und beschloss spontan, dass sie diesen Taylor nicht leiden konnte.

»Dann lasst uns euer Gepäck einladen und aufbrechen.«

Kapitel 4

Während Jessica und Taylor sich angeregt unterhielten, versuchte Amy ihre Beine in eine bequemere Position zu hieven, was leichter gesagt, als getan war.

Die Rückbank des BMW war unter normalen Umständen sicherlich sehr komfortabel und bat genügend Beinfreiheit, doch da der Kofferraum schon zur Hälfte mit Taylors Reisetaschen und diversen Hochzeitspaketen gefüllt war, musste Amy den Platz mit dem restlichen Gepäck teilen.

Sie waren jetzt fast zwei Stunden unterwegs und sie hatte mittlerweile alle möglichen Positionen durchgetestet, doch keine war wirklich bequem. Amy sehnte sich danach, die Beine zu strecken und ein paar Schritte zu gehen, wagte es aber nicht, Taylor um eine Pause zu bitten.

Während der ganzen Fahrt hatte er sie erfolgreich ignoriert und sich ausschließlich mit Jessica unterhalten. Sollte er doch von ihr denken, was er wollte, ihr war es egal.

Und doch fragte sie sich, warum er plötzlich so abweisend war. Lag es wirklich nur an Jessicas Bemerkung?

Amy sah aus dem Fenster und versuchte das Gespräch auszublenden, das die beiden gerade führten.

Sie fühlte sich ausgeschlossen, wie das fünfte Rad am Wagen und wäre am liebsten auf der Stelle umgekehrt, wenn dies möglich gewesen wäre. Sie hätte Jessica den Hals umdrehen können. Nicht nur, weil sie diese unangebrachte Bemerkung gemacht hatte, sondern auch, weil sie Amy nicht in ihre Gespräche miteinbezog. Es war, als wäre sie gar nicht anwesend.

Taylor sah auf die Uhr.

»In ein paar Kilometern fahren wir an einem sehr guten Restaurant vorbei. Was hältst du davon, wenn wir eine Pause machen und dort etwas zu Mittag essen?«, fragte er Jessica.

Amy runzelte die Stirn und Wut stieg in ihr hoch. Dieser eingebildete Schnösel benahm sich, als wäre sie Luft. Am liebsten hätte sie ihm eine der Taschen an die Rübe geschmettert.

Sie beschloss den Mund zu halten und schluckte ihren Ärger hinunter. Übung darin hatte sie ja. Außerdem musste sie nur noch ungefähr zwei Stunden aushalten und danach konnte sie diesem Typen aus dem Weg gehen.

Darüber hinaus könnte sie wirklich eine Kleinigkeit vertragen, denn ihr Magen gab schon protestierende Geräusche von sich. Eine Suppe oder einen Burger würde sie sich ja wohl leisten können, ohne dass ihre Reisekasse zu sehr darunter litt.

»Klasse Idee, ich habe mächtig Hunger«, antwortete Jessica.

»Fein«, entgegnete Taylor und schenkte seiner Cousine ein zufriedenes Lächeln. »Dort gibt es die besten Steaks. Das Restaurant ist zwar etwas teurer, aber es lohnt sich.«

Etwas teurer? Amy sah erschrocken auf. Oha, das hörte sich gar nicht gut an. Sie begann auf einem Fingernagel herumzuknabbern und suchte verzweifelt nach einer Lösung. Bei ihrem spärlichen Wochenbudget konnte sie sich kein teures Essen leisten.

Taylor hatte nicht erwähnt, dass er die beiden Frauen einladen würde und selbst wenn er das vorhatte, dann würde er sicherlich nur Jessicas Rechnung übernehmen, so abweisend, wie er sich Amy gegenüber verhielt.

Sie hielten auf dem Parkplatz direkt vor dem Restaurant. Schon von außen sah man, dass es sich hier um etwas Edleres handelte.

Amy quälte sich aus dem Wagen und stöhnte erleichtert auf, als sie endlich ihre Gelenke strecken konnte. Bevor Taylor und Jessica sich in Bewegung setzten, räusperte sie sich.

»Ich werde mich im Ort etwas umsehen, während ihr zu Mittag esst«, erklärte sie. Taylor zog eine Augenbraue nach oben und Jessica sah sie verwirrt an.

»Du willst nicht mit uns essen?«, erkundigte sie sich. Amy schüttelte den Kopf und zwang sich ein Lächeln auf die Lippen.

»Ich habe keinen Hunger und würde mir lieber

etwas die Beine vertreten.« Jessica runzelte die Stirn, doch Taylor zuckte nur gelangweilt die Schultern.

»Dann eben nur wir beide«, sagte er. Bildete Amy sich das ein oder klang er, als sei er erleichtert, dass sie nicht mitkam?

»Bist du sicher?«, hakte Jessica noch einmal zweifelnd nach.

»Natürlich. Wenn ich Hunger hätte, würde ich etwas essen, aber ich bin wirklich noch satt«, log sie. Ihre Freundin seufzte und Taylor warf erneut einen Blick auf seine Uhr.

»In einer Stunde fahren wir weiter«, erklärte er knapp. Er klang, als wolle er ihr unterschwellig mitteilen, dass er ohne sie fahren würde, wenn sie nicht rechtzeitig zurück war.

»Alles klar«, entgegnete Amy so freundlich, wie es ihr unter diesen Umständen noch möglich war, bevor sie sich umdrehte und loslief.

Sie ignorierte das laute Knurren ihres Magens. Irgendwo würde sie sicher einen Laden oder eine Tankstelle finden, wo sie sich etwas Billiges kaufen konnte.

30 Minuten später saß sie auf einer Parkbank und schob sich trockene Salzcracker in den Mund. Fünf Packungen hatte sie sich an einer Tankstelle gekauft und knapp zehn Pfund dafür ausgegeben.

»Halsabschneider«, murmelte sie, während sie sich den letzten Cracker aus der Tüte nahm und aß. Eine Portion hatte sie vertilgt, und auch wenn es kein Festmahl gewesen war, so gab ihr Magen jetzt wenigstens Ruhe. Die verbleibenden vier Packungen hatte sie in ihrer Handtasche verstaut. Sie war sich sicher, dass sie noch froh sein würde, die Kekse gekauft zu haben.

Nach einer halben Stunde machte sie sich wieder auf den Rückweg, hielt jedoch noch einmal an der Tankstelle, um sich eine Flasche Wasser zu kaufen. Als sie am Parkplatz ankam, verließen Taylor und Jessica gerade das Restaurant.

»Du hast wirklich etwas verpasst«, erzählte ihre Freundin. »Taylor hat nicht übertrieben, was die Steaks angeht.«

»Freut mich, dass es euch geschmeckt hat«, antwortete Amy und verdrängte den Gedanken an ein saftiges Steak.

In Gedanken hielt sie ein riesiges Steak in der Hand und drosch damit auf Taylors Kopf ein. Innerlich grinsend zwängte sich Amy wieder auf den Rücksitz.

Die restliche Fahrt über versuchte sie ein wenig zu schlafen, wachte jedoch immer wieder auf, wenn Jessica lauthals über irgendeine von Taylors Bemerkungen lachte.

Als sie endlich das Ortsschild von Crugmeer erblickte, atmete sie erleichtert auf, doch im gleichen Augenblick runzelte sie die Stirn.

Der Ort bestand aus höchstens zehn Häusern und bei den meisten davon handelte es sich um

Bauernhöfe. Sie konnte weit und breit kein Gebäude erkennen, das nur im entferntesten einem Herrenhaus glich.

Amy wollte gerade zu einer Frage ansetzen, da hatte der Wagen auch schon das Ortsende erreicht und fuhr munter weiter. Hatte sie vielleicht etwas falsch verstanden? Sie war sich ziemlich sicher, dass Jessica ihr erklärt hatte, dass die Hochzeit in Crugmeer stattfinden würde.

Während sie noch grübelte und ihre Gedanken durchforstete, bog Taylor zwischen zwei Feldern in eine schmale Straße ein, die wenig später in einen kleinen Wald führte.

Kurz darauf fuhren sie auf einen Schotterweg, an dessen Ende sich ihr Ziel offenbarte. Ein Haus, das Amy den Atem raubte.

Sie sah sprachlos auf das riesige, zartgelbe Gebäude, das im viktorianischen Stil erbaut war und an dessen Front vier große Säulen einen Vorbau stemmten, auf dem sich eine Dachterrasse befand.

Nachdem Taylor den Wagen geparkt hatte, stieg Amy aus und sah sich ehrfürchtig um. Engländer waren ja bekannt für ihre gepflegten Gärten, aber was sie hier sah, konnte man nicht in Worte fassen. Der Rasen wirkte, als habe man jeden einzelnen Grashalm mit Lineal und Nagelschere gestutzt.

Die Buchsbäume, die in regelmäßigen Abständen in großen Blumenkübeln im Garten verteilt waren, hatten die Form von Herzen und waren mit weißen Schleifen verziert.

»Wow, da hat sich Tante Heather ja ganz schön ins Zeug geschmissen«, sagte Jessica anerkennend.

»Du kennst meine Mutter. Sie ist der Meinung, dass jeder gesellschaftliche Anlass, den sie auf die Beine stellt, etwas Unvergessliches werden muss«, entgegnete Taylor lachend und schüttelte belustigt den Kopf, als sein Blick auf die Herzbüsche fiel.

Jessica griff Amys Hand und zog sie hinter sich her.

»Jetzt lernst du erst einmal die Brauteltern kennen«, säuselte sie gut gelaunt und steuerte auf den Eingang zu.

Kapitel 5

Amy schleuderte den Koffer und ihre Taschen in die Ecke und ließ sich erschöpft auf das große Bett fallen.

In der letzten Stunde hatte sie so viele Menschen kennengelernt, dass sie sich nur noch an wenige Namen erinnern konnte.

Sie hatte sich nur die Personen eingeprägt, die ihr sympathisch waren und die konnte man an einer Hand abzählen.

Am sympathischsten fand sie Cameron Morgan, den Vater der Braut, der auch zugleich Taylors Dad und Jessicas Onkel war. Er war groß, hatte braunes Haar, mit leicht angegrauten Schläfen und die gleichen haselnussbraunen Augen, wie sein Sohn. Doch im Gegensatz zu Taylor hatte er eine offene und herzliche Art. Amy hatte sich in seiner Gegenwart sofort wohlgefühlt.

Seine Frau Heather war jedoch das genaue Gegenteil. Sie beäugte Amy argwöhnisch von oben bis unten und ließ keinen Zweifel daran, dass sie der Meinung war, sie sei hier fehl am Platz.

Ihr platinblondes, glattes Haar hatte sie zu einem strengen Knoten frisiert und ihre Züge wirkten hart und verbissen. Sie war groß und in Amys Augen etwas zu schlank, was ihr Gesicht hager und kantig wirken ließ. Ihre stechend grünen Augen nahmen jede Kleinigkeit wahr. Wenn ihr etwas missfiel, was häufig der Fall war, kniff sie diese zu schmalen Schlitzen zusammen. Meistens dann, wenn ihr Blick zu Amy huschte.

»Das kann ja heiter werden«, seufzte Amy, nahm eines der flauschigen Kissen und drückte es sich vor die Brust.

Außer Taylors Eltern hatte man ihr noch diverse Onkel und Tanten vorgestellt, sowie einige enge Freunde der Familie.

Amy war so viel Rummel nicht gewohnt und fühlte sich unwohl bei dem Gedanken, dass sie mit diesen Menschen die ganze Woche verbringen musste.

Kurz bevor sie endlich auf ihr Zimmer gebracht worden war, traf auch die Braut ein. Ashley sah ihrer Mutter sehr ähnlich. Sie hatte den gleichen platinblonden Haarton, war auch sehr groß, aber nicht so dünn wie Heather Morgan. Ashleys Gesichtszüge waren, ganz im Gegensatz zu denen ihrer Mutter, weich, was sie zu einer echten Schönheit machte. Und sie war nett, sehr nett sogar.

Amy würde sich einfach an die Leute halten, die sie mochte und den anderen so gut wie möglich aus dem Weg gehen.

Zu ihrem Erstaunen hatte man ihr ein eigenes Zimmer zugewiesen. Amy hatte angenommen, Jessica und sie müssten sich einen Raum teilen, doch dem war nicht so.

Ihr Blick schweifte durch das Zimmer, das fast so groß wie ihr Wohnzimmer in London war. Heather Morgan schien ein Faible für Blumenmuster zu besitzen, wie Amy leicht belustigt feststellte. Auf den Vorhängen, der Bettwäsche und dem Sofa an der Wand, befanden sich kleine rote Rosen.

Als ihre Augen über die hellgrün gestrichenen Wände wanderten, erkannte sie eine Bordüre am oberen Rand, die ebenfalls mit Rosen verziert war.

So viel zum Geschmack reicher Leute, dachte sie und rümpfte die Nase.

Amy warf einen Blick auf den kleinen Wecker neben sich. Man hatte sie gebeten, sich in einer Stunde im Wohnzimmer einzufinden, da man in einem nahegelegenen Restaurant einen Tisch bestellt hatte und frühzeitig aufbrechen wollte.

Zu gerne hätte sie sich eine Ausrede einfallen lassen, um hier zu bleiben, aber das konnte sie nicht machen. Nicht am ersten Abend.

Amy musste wohl oder übel in den sauren Apfel beißen und mitkommen. Hoffentlich handelte es sich um ein halbwegs normales Restaurant und nicht um einen von den teuren Schuppen, die Taylor anscheinend bevorzugte.

Egal, sie würde einfach nur eine Kleinigkeit essen. Eine günstige Vorspeise und ein Getränk, mehr nicht.

Amy öffnete ihre Handtasche, zog eine der Crackertüten heraus und riss sie auf. Versonnen schob sie sich einige Kekse in den Mund, um sich eine anständige Grundlage zu schaffen, damit sie erst gar nicht in Versuchung kam, sich aus Hunger mehr zu bestellen, als sie sich leisten konnte.

Amys Hoffnung schwand dahin, als sie das Restaurant betraten und sie die elegante Einrichtung sah. Das sehr modern wirkende Interieur passte so gar nicht in diese Einöde. Die Tische waren in Flieder und Weiß gehalten und das Besteck war so blank poliert, dass es den Schein der Kronleuchter reflektierte, die pompös von der Decke baumelten und den ganzen Raum in ein warmes Licht tauchten.

An einer Wand erkannte sie ein riesiges Becken, in dem sich einige Hummer sichtlich gelangweilt hin und her bewegten.

Nachdem sie sich gesetzt hatten, warf sie einen neugierigen Blick in die Speisekarte, die in schweres Leder gebunden war. War das etwa Schlangenleder?

Als Amy die Preise erblickte, wich jegliche Farbe aus ihrem Gesicht. Hatten die hier noch alle Tassen im Schrank? Eine stinknormale Tomatensuppe kostete 16 Pfund? Wurde die von Prinz William höchstpersönlich serviert?

»Was ist los mit dir, du siehst so blass aus?«, erkundigte sich Jessica besorgt. Taylor, der ihr gegenübersaß, hob den Kopf und musterte Amy stirnrunzelnd, als versuche er herauszufinden, was sie gerade dachte. Amy ergriff die Chance.

»Ich fühle mich heute nicht so gut«, erklärte sie ihrer Freundin so laut, dass es alle am Tisch verstehen konnten. Wenn offensichtlich war, dass sie sich unwohl fühlte, würde keiner Anstoß daran nehmen, dass sie kaum etwas aß.

»Ach herrje, du wirst dir doch nichts eingefangen haben?«, entgegnete Jessica und legte ihre Hand auf Amys Stirn. »Fieber scheinst du zum Glück nicht zu haben«, stellte sie beruhigt fest.

»Geht es Ihnen nicht gut?«, erkundigte sich Cameron Morgan und musterte nun seinerseits Amy besorgt. Sie schenkte ihm ein dankbares Lächeln.

»Mir ist nur ein wenig flau. Liegt sicher an der langen Autofahrt«, antwortete sie.

»Kein Wunder, dass dir nicht gut ist. Du hast ja seit heute Morgen nichts mehr gegessen«, sagte Jessica und deutete auf die Speisekarte. »Bestell dir etwas Leckeres, dann wird es dir bald besser gehen.«

Am liebsten hätte Amy ihrer Freundin unter dem Tisch einen gehörigen Tritt verpasst. Etwas Leckeres bestellen war genau das, was sie nicht wollte.

»Wenn ich überhaupt etwas hinunter bekomme, dann nur eine Suppe«, erklärte sie und hoffte, nicht wieder rot anzulaufen. Aus dem Augenwinkel nahm sie wahr, dass Taylor sie immer noch anstarrte.

Was hatte der Typ für ein Problem?

Als der Kellner an ihren Tisch trat, um die Bestellungen aufzunehmen, entschied Amy sich für eine Hühnersuppe und ein Glas Wasser.

Beides würde mit zwölf Pfund zu Buche schlagen, aber das konnte sie jetzt nicht ändern. Sie konnte nur hoffen, dass dies der einzige Abend war, an dem alle in einem Restaurant zum Essen gingen.

Sie nahm den Löffel und kostete von der Suppe, die einfach köstlich schmeckte.

Nachdem sie ihre Suppe ausgelöffelt hatte, wurden die Hauptgerichte serviert. Steaks, Hummer und exotisch aussehende Pastagerichte verströmten einen unwiderstehlichen Duft.

Während Amy mit den Augen sämtliche Gerichte auf dem Tisch verschlang, wünschte sie, sie wäre zu Hause geblieben. Das hier war nicht ihre Welt. Sie gehörte nicht zu diesen reichen Schnöseln, die sich alles leisten konnten und sich noch nie in ihrem Leben Gedanken darüber gemacht hatten, ob sie die Miete für den nächsten Monat bezahlen konnten. Abgesehen davon, dass wahrscheinlich keiner der hier Anwesenden in einer Mietwohnung lebte.

»Was machen Sie beruflich, Anna?«, erkundigte sich Heather Morgan unvermittelt und schob sich ein Stück Chateaubriand in den Mund.

»Amy, mein Name ist Amy, nicht Anna.« War es

denn so schwer, sich ihren Namen zu merken oder tat diese Frau das absichtlich?

»Amy ist Friseurin, eine der Besten«, antwortete Jessica, noch bevor Amy etwas erwidern konnte. Mrs Morgan zog die Brauen nach oben.

»So, Friseurin! Kann man denn davon leben?« Ihr Tonfall verriet, wie abwertend sie Amys Berufswahl fand.

»Ich komme zurecht«, entgegnete Amy knapp und versuchte dabei nicht unhöflich zu klingen, auch wenn sie innerlich kochte. »Ich bin stolz mein eigenes Geld zu verdienen und nicht auf jemanden angewiesen zu sein, der mir mein Leben finanziert.« Diesen Kommentar hatte sie sich nicht verkneifen können.

Für einen Augenblick wurden Mrs Morgans Augen groß, doch dann legte sich wieder der normale, arrogante Ausdruck auf ihr Gesicht.

Neben ihr kicherte Jessica leise. Amy sah zu Taylor und machte sich innerlich auf seinen missbilligenden Blick gefasst, doch seine Züge wirkten entspannt. Seine Mundwinkel zuckten jedoch amüsiert, als müsse auch er ein Lachen unterdrücken.

Verwirrt konzentrierte sich Amy auf das Glas Wasser vor sich und nahm einen tiefen Schluck. Mrs Morgan hatte sich mittlerweile ihrer Sitznachbarin zugewandt und die beiden Frauen unterhielten sich angeregt, worüber Amy dankbar war. Sie wollte sich nicht unterhalten und dabei

Details aus ihrem Leben preisgeben. Schließlich war sie hier, um abzuschalten und einmal nicht an all die Probleme zu denken, die sie Tag und Nacht quälten.

Hoffentlich war dieser Abend bald vorüber. Amy sehnte sich nach der Ruhe ihres Zimmers und nach einer gehörigen Portion Schlaf.

Als Mr Morgan die komplette Rechnung beglich, fluchte Amy innerlich und hätte sich am liebsten selbst geohrfeigt. Hätte sie das gewusst, wäre ihre Bestellung nicht so mager ausgefallen.

Kapitel 6

Ein lautes Klopfen an ihrer Zimmertür, das irgendwann in ein energisches Hämmern überging, riss Amy aus dem Schlaf. Müde blinzelnd sah sie auf den Wecker. Es war kurz nach neun.

Sie setzte sich im Bett auf und zog sich die Decke bis zur Brust, ehe sie ein krächzendes »Ja bitte« von sich gab.

Die Tür schwang auf und Jessica trat ein. Kopfschüttelnd und mit vorwurfsvollem Blick setzte sie sich zu Amy aufs Bett.

»Wenn du mal schläfst, dann aber richtig.«

»Ich habe die letzten Nächte ja nicht viel geschlafen und hatte einiges nachzuholen«, rechtfertigte Amy sich.

»Schlaf kann man nicht nachholen, das ist wissenschaftlich erwiesen«, klugscheißerte Jessica.

»Wie auch immer«, murmelte Amy. »Weshalb weckst du mich denn so früh?«

»Weil du dich fertigmachen musst. Heute ist doch das große Picknick am See«, erklärte Jessica aufgeregt. Sie sprang auf, ging zum Fenster und zog den schweren Blumenvorhang zur Seite. Schützend hielt Amy sich die Hand über die Augen, als das Sonnenlicht den Raum überflutete und sie blendete.

»Heute?«, fragte sie ungläubig. Sie hatte sich auf einen Tag Ruhe gefreut und nun sollte sie einen ganzen Tag am See mit diesem eingebildeten Leuten verbringen?

»Die meisten sind schon gefahren. Ich muss jetzt auch los, denn ich helfe Ashley mit den Picknickkörben. Taylor wird unten in der Küche auf dich warten und dich zum See bringen. Und vergiss nicht deine Badesachen anzuziehen«, zwitscherte sie, während sie gut gelaunt das Zimmer verließ und nach unten schwebte.

»Na super, jetzt lässt sie mich auch noch mit diesem unsympathischen Kerl allein«, murrte Amy und quälte sich aus dem Bett. Der Tag fing ja wirklich prima an.

Nachdem sie sich geduscht und angezogen hatte - für beides hatte sie sich sehr viel Zeit genommen - stieg sie die Treppe nach unten. Taylor rutschte sicher schon ungeduldig auf seinem Stuhl herum und schien sich zu fragen, warum sie so lange brauchte.

Bei dem Gedanken musste Amy grinsen. Doch als sie die Küche betrat, saß er völlig entspannt auf einem der Hocker an der Theke und las Zeitung.

Er sah auf, als sie die eintrat.

»Fertig?«, erkundigte er sich monoton.

»Dir auch einen schönen guten Morgen«, pflaumte Amy zurück. »Ja, von mir aus können wir los.« Sie sah sehnsüchtig zu dem Tablett mit

Sandwiches, das auf der Arbeitsplatte stand. Er folgte ihrem Blick mit den Augen.

»Möchtest du vorher nicht noch etwas frühstücken?«, wollte er wissen. Anstatt die Frage zu bejahen und sich auf eines der Sandwiches zu stürzen, schüttelte Amy den Kopf.

»Nein, ist schon in Ordnung. Lass uns lieber gehen«, entgegnete sie. Im gleichen Augenblick hätte sie sich selbst ohrfeigen können. Dylans Einfluss saß noch zu tief und sie musste erst lernen, diese dumme Angewohnheit abzulegen. Wie gerne hätte sie sich eines dieser saftig aussehenden Brote gegriffen und ihre Zähne darin versenkt.

Seufzend legte sie ihre Finger auf ihre Handtasche, in der sich eine Packung Salzcracker befand, die sie sicherheitshalber eingepackt hatte. Mittlerweile hatte sich das permanente Hungergefühl zu einem ständigen Begleiter entwickelt. Die Cracker, die sie sich hin und wieder in den Mund stopfte, machten nicht wirklich satt. Andererseits war heute Picknick angesagt und da würde sie kräftig zugreifen.

Taylor drückte ihr einen großen Korb in die Arme und wandte sich zur Tür. Über die Schulter sah er zu Amy.

»Können wir?« Sie nickte und folgte ihm nach draußen, wo er seinen BMW mit der Fernbedienung öffnete und einstieg.

»Stinkreich aber keinen Funken Anstand im

Leib«, brummte Amy, öffnete etwas unbeholfen die hintere Tür und schob den schweren Picknickkorb auf die Rückbank, ehe sie selbst auf der Beifahrerseite einstieg.

Wenigstens die Tür hätte dieser Arsch mir aufmachen können, dachte sie mürrisch.

Schweigend fuhren sie eine einsame Landstraße entlang. Mittlerweile hatte sich im Fahrzeuginneren ein köstlicher Duft ausgebreitet. Amy versuchte die verschiedenen Gerüche einzuordnen und hätte sich am liebsten auf den Inhalt des Korbes gestürzt. Ihr Magen knurrte laut.

Taylor warf ihr einen fragenden Blick zu.

»Hungrig?«

»Nein«, maulte sie zurück und sah zum Fenster hinaus auf ein leuchtend gelb blühendes Rapsfeld.

Nach weiteren zehn Minuten, in denen sie sich erfolgreich angeschwiegen hatten, fragte sie sich, wie weit dieser verteufelte See wohl noch entfernt war.

Die Stille brachte sie fast um den Verstand und Amy suchte nach einem Thema für ein unverfängliches Gespräch, auch wenn sie eigentlich keine Lust hatte, sich mit Taylor zu unterhalten. Doch das beharrliche Schweigen war noch schlimmer.

»Du warst also einige Zeit in Rom?«, begann sie. Er drehte den Kopf zu ihr. Zwischen seinen Brauen hatte sich eine tiefe Falte gebildet.

»Ja, war ich«, antwortete er knapp. Sie verdrehte

die Augen.

»Und was hast du dort gemacht?«, hakte sie nach.

»Gearbeitet.«

Amy konnte ein genervtes Seufzen nicht unterdrücken, doch sie gab nicht auf. Es musste doch einen Weg geben, sich ganz normal mit Taylor zu unterhalten. Schließlich hatte sie ihm nichts getan.

»Und was genau machst du beruflich?«, fragte sie deshalb. Diesmal schoss sein Kopf ruckartig zur Seite, sodass Amy erschrocken zusammenzuckte.

»Um das ein für alle Mal klarzustellen, ich habe kein Interesse«, blaffte er sie an. Sprachlos, mit großen Augen starrte sie ihn an.

»Was meinst du?«, erkundigte sie sich verwirrt. Taylor trat unvermittelt auf die Bremse. Wäre Amy nicht angeschnallt gewesen, hätte sie sich jetzt den Straßenbelag genauer ansehen können.

»Sag mal, spinnst du?«, schrie sie fassungslos, die Hände noch immer ins Armaturenbrett gekrallt. Taylor verzog keine Miene und funkelte sie aus eiskalten Augen an.

»Hör auf mich anzubaggern, ich habe kein Interesse«, erklärte er kühl.

»Dich ... dich anzubaggern? Aber ... ich ... hast du noch alle Tassen im Schrank?« Sie konnte nicht fassen, was hier gerade geschah. Der Typ war doch paranoid.

»Lass es einfach gut sein«, sagte er ruhig.

»Einen Scheiß werde ich tun«, brüllte sie, riss die Tür auf und stieg so schnell aus dem Wagen, dass ihr schwindelig wurde und sie sich am Dach abstützen musste. Sie hätte wohl doch besser eines dieser Sandwiches gegessen.

»Alles in Ordnung?«, fragte Taylor, der ebenfalls ausgestiegen war.

»Gar nichts ist in Ordnung«, erklärte Amy und schloss die Lider, um die Tränen zu verbergen, die ihr in die Augen stiegen.

Sie konnte einfach nicht verstehen, was für ein Problem er mit ihr hatte. Und es machte sie schier verrückt, bei jemandem im Auto zu sitzen, der sie offensichtlich nicht leiden konnte.

Als die Tränen sich wieder zurückgezogen hatten, sah sie Taylor lange an.

»Ich habe keine Ahnung, was ich dir getan habe und wenn ich ehrlich bin, dann interessiert es mich auch nicht mehr. Du kannst mich offenkundig nicht ausstehen, aus welchem Grund auch immer, aber ich lasse mir von dir nicht irgendwelche Dinge unterstellen, die nicht wahr sind. Ich habe dich nicht angemacht. Ich habe erst eine Beziehung beendet und nicht das Bedürfnis, mich erneut in mein Unglück zu stürzen und schon gar nicht mit jemandem, wie dir. Ich wollte lediglich ein ganz normales Gespräch führen. Da dir das anscheinend nicht möglich ist, würde ich vorschlagen, wir gehen uns den Rest der Woche einfach aus dem Weg.«

Ohne seine Antwort abzuwarten, zwängte sie sich zurück auf den Beifahrersitz. Als auch Taylor wieder Platz genommen hatte, sah er sie kurz an, dann startete er den Wagen und fuhr los.

Kapitel 7

Amy saß am Ufer des Sees, starrte aufs Wasser. Sie bereute, dass sie mitgekommen war und wünschte, sie wäre nicht hier, sondern in ihrer Wohnung in London. In ihrem eigenen kleinen Kokon, wo niemand ihr auf den Wecker ging oder sie verletzte. Taylors Worte gingen ihr nicht mehr aus dem Kopf.

Dass er sie so offensichtlich verabscheute, nagte an ihrem Selbstbewusstsein. Auf der Arbeit oder in ihrem Freundeskreis mochte sie jeder. Wie konnte es sein, dass er sie so hasste, ohne sie wirklich kennengelernt zu haben?

Sie schnaubte und nahm sich fest vor, ihn keines Blickes mehr zu würdigen.

Lautes Gelächter drang an ihr Ohr. Auf der Wiese hinter ihr hatte es sich die illustre Gesellschaft, die ungefähr aus 20 Personen bestand, auf karierten Decken gemütlich gemacht.

Jessica und ein junger blonder Mann hatten sich eines der Ruderboote geschnappt und waren auf den See hinausgerudert. Rein aus Höflichkeit hatte ihre Freundin sich erkundigt, ob Amy mitkommen wolle, doch sie hatte dankend abgewunken. Lust hätte sie schon gehabt, aber es war nicht zu übersehen, dass die beiden ungestört sein wollten. Außerdem konnte Amy nicht schwimmen. Ein weiterer gewichtigerer Grund, nicht in das Boot zu steigen.

Schon oft hatte sie sich vorgenommen, es endlich zu lernen, aber bisher hatte Amy sich noch nicht aufraffen können. Wasser machte ihr Angst. Und ganz besonders solches, bei dem man den Grund nicht sah, wie hier in diesem See.

»Im Boot passiert dir doch nichts«, hatte Jessica widersprochen, doch Amy hatte erneut dankend abgelehnt.

Ihr Blick wanderte zu drei Teenagern, die laut kreischend im See planschten und sich gegenseitig Wasser ins Gesicht spritzten. Amy seufzte.

Es war brütend heiß. Seit einer Woche hatte sich ein hartnäckiges Hochdruckgebiet über den britischen Inseln festgesetzt und bescherte ihnen Temperaturen jenseits der dreißig Grad. Es war Mitte Juni und seit Jahren endlich wieder einmal richtig Sommer.

Sie zupfte sich ihr Shirt vom Körper, das mittlerweile an einigen Stellen auf der Haut klebte. Sehnsüchtig streckte sie einen Fuß ins Wasser und schloss genüsslich die Augen, als das kühle Nass über ihre Zehen strich.

Wie gerne wäre sie einfach aufgestanden und in den See gesprungen, aber das ging nicht. In einem Schwimmbad war dies kein Problem, denn dort gab es ein Nichtschwimmerbecken, doch hier konnte man nicht erkennen, an welchen Stellen der See wie tief war. Vielleicht sollte sie doch schnellstmöglich einen Schwimmkurs belegen.

»Darf ich mich zu dir setzen?«, hörte sie eine tiefe Stimme fragen und sah auf. Taylor stand neben ihr und sah sie abwartend an.

»Weshalb solltest du dich zu mir setzen wollen?« Er antwortete nicht, sondern nahm einfach Platz. Eine gefühlte Ewigkeit sagte keiner von ihnen ein Wort. Nachdem Taylor etliche Grashalme vor sich aus dem Boden gerupft hatte und die Stelle kahl war, sah er auf.

»Es tut mir leid. Ich habe mich dir gegenüber verdammt dämlich benommen und möchte mich dafür bei dir entschuldigen«, sagte er schließlich so leise, dass sie ihn kaum verstehen konnte.

Jetzt zog Amy erstaunt die Brauen nach oben.

»Hab ich was am Ohr oder hast du dich wirklich gerade bei mir entschuldigt?« Er grinste und erneut verspürte sie ein aufgeregtes Flattern in ihrem Magen.

»Ja, ich habe mich entschuldigt. Verzeihst du mir?« Er wirkte in diesem Moment so ehrlich und verletzlich, dass Amy nicht anders konnte, als zustimmend zu nicken. Doch da gab es noch etwas, das sie brennend interessierte.

»Warum?«, wollte sie wissen.

»Warum was? Weshalb ich mich bei dir entschuldige?« Er schien nicht ganz zu verstehen, was sie meinte.

»Nein, ich würde gerne wissen, warum du dich mir gegenüber so gemein verhalten hast«, platzte es aus ihr heraus.

Sie sah Taylor direkt in die Augen. Er erwiderte ihren Blick. Dann senkte er die Lider und besah sich interessiert seine Hände.

»Jessica sagte, du wärest mit auf die Hochzeit gekommen, um dir einen reichen Typen zu angeln und das war wohl wie ein rotes Tuch für mich.«

»Das stimmt aber nicht«, flüsterte sie gekränkt.

»Das ist mir mittlerweile auch klar«, bestätigte er ihr und sah sie wieder an. »Ich habe in letzter Zeit so einiges mitgemacht, was diese Art von Frauen angeht und reagierte wahrscheinlich deshalb etwas übereilig«, verriet er.

Amy hätte zu gerne weiter gebohrt und mehr über ihn und diese besagten Frauen erfahren, doch sie verkniff sich die Frage.

»Dann glaubst du jetzt nicht mehr, dass ich ein geldgeiles Miststück bin?«, wollte sie wissen. Er lachte und dieses Lachen verursachte bei ihr einen wohligen Schauer am ganzen Körper.

»Nein, das glaube ich nicht mehr. Wenn ich ganz ehrlich bin, habe ich das niemals geglaubt. Ich hatte einfach einen schlechten Tag und habe meine Wut an dir ausgelassen und das tut mir wirklich leid. Alles wieder gut?« Sie schenkte ihm ein strahlendes Lächeln.

»Alles wieder gut«, versicherte sie ihm.

Eine ganze Weile starrten sie auf den See und beobachtete Jessica und ihren Begleiter. Die beiden waren mittlerweile auch ins Wasser gesprungen und tollten darin herum, wie zwei verliebte Teenager.

»Ich könnte auch eine kleine Abkühlung vertragen. Kommst du mit?«, fragte Taylor und zog sich im gleichen Moment das Shirt über den Kopf. Beim Anblick seines braun gebrannten, muskulösen Oberkörpers blieb Amy der Mund offen stehen. Sie schüttelte leicht den Kopf, um sich von dem Anblick loszureißen.

»Später vielleicht«, antwortete sie. Als sie den enttäuschten Ausdruck in seinen Augen sah, fügte sie hinzu: »Geh du nur, ich bleibe hier und genieße den Anblick.« Als sie die Zweideutigkeit dieses Satzes begriff, sah sie verlegen zur Seite.

Amy fiel es nicht leicht, den Blick von Taylor abzuwenden. Er war ins Wasser gesprungen und kraulte nun elegant auf Jessica zu, die laut kreischend davon schwamm.

Zufrieden ließ sich Amy ins Gras fallen und schloss die Augen. Es war, als hätte ihr jemand eine schwere Last von der Brust genommen und sie könnte seit Langem zum ersten Mal wieder richtig durchatmen.

»So ganz alleine?«, fragte eine rauchige Stimme. Amy setzte sich blitzartig auf und starrte den Mann an, der sich neben sie ins Gras gesetzt hatte. Es schien zu den Gästen zu gehören, doch sie hatte ihn bisher noch nicht gesehen. Sein goldblondes Haar, das ihm bis auf die Schultern reichte, hatte er im Nacken zu einem Zopf zusammengebunden. Sein Teint war leicht gebräunt und betonte seine blauen Augen, die fast die Farbe von Aquamarin hatten.

»Ich genieße die Ruhe«, erklärte sie freundlich und hoffte, dass er die darin liegende Anspielung verstand. Er reichte ihr die Hand.

»Wir wurden uns noch nicht vorgestellt. Ich bin Cole Keldon, der beste Freund und Trauzeuge des Bräutigams«, verriet er.

»Amy Garner. Weder mit dem Brautpaar verschwägert noch befreundet. Ich begleite nur ihre Cousine Jessica, die mich hierzu überredet hat«, informierte sie ihn und deutete hinaus auf den See, wo Jessica gerade vergeblich versuchte, Taylors Kopf unter Wasser zu drücken.

»Freut mich«, sagte er und klang dabei, als meinte er es aufrichtig. »Warum gehst du nicht auch ins Wasser?«

»Mir ist gerade nicht danach«, antwortete sie und sah ihn an. »Aber lass dich nicht von mir aufhalten, falls du vorhattest, eine Runde zu schwimmen.« Vielleicht verstand er ja jetzt, dass sie alleine sein wollte.

Er schenkte ihr stattdessen ein schiefes Grinsen.

»Habe leider keine Badehose dabei und Mrs Morgan wäre sicherlich nicht begeistert, wenn ich ohne ins Wasser springen würde«, erwiderte er und deutete über die Schulter zu der Stelle, wo Taylors Mutter saß.

»Sie würde ausflippen«, kicherte Amy und stellte sich in Gedanken Mrs Morgans entsetztes Gesicht vor. Cole deutete auf eines der Boote, die am Steg befestigt waren und in sanften Wellen auf dem Wasser trieben.

»Wenn wir schon nicht ins Wasser können, dann zumindest aufs Wasser. Es ist sicher um einiges angenehmer da draußen.«

Amy knabberte auf ihrer Unterlippe. Sollte sie ihm einfach sagen, dass sie Bedenken hatte, weil sie nicht schwimmen konnte? Sicher würde er in schallendes Gelächter verfallen. Heutzutage konnte fast jeder schwimmen und Amy schämte sich dafür, es nicht zu können.

Sie sah hinüber zu einem der Boote. Es war breit und machte einen sehr stabilen Eindruck. Sie hatte ja nicht vor, in einen wackeligen Kajak zu steigen, also was hielt sie davon ab? Sie atmete tief durch und nickte schließlich.

»Prima«, sagte Cole erfreut und half ihr auf. Gemeinsam betraten sie den Holzsteg und Amy sah Cole dabei zu, wie er das Seil entfernte, an dem das Boot am Steg befestigt war. Er stieg als Erster hinein und reichte ihr anschließend die Hand, um ihr hineinzuhelfen. Mit einem mulmigen Gefühl trat sie ins Boot und atmete erleichtert auf, als sie sich endlich gesetzt hatte.

Cole nahm die Ruder und bewegte diese in gleichmäßigen Zügen vor und zurück. Das Boot setzte sich in Bewegung und glitt sanft durch das

Wasser.

»Wo kommst du her?«, erkundigte er sich unvermittelt und hakte irgendwann die Ruder in die dafür vorgesehene Befestigung ein, sodass das Boot sanft auf den Wellen trieb.

»London und du?«

»Cambridge.«

Plötzlich stahl sich ein listiges Lächeln auf seine Lippen und seine Augen funkelten Amy verschwörerisch an.

»Was ist?«, erkundigte sie sich verunsichert und warf einen raschen Blick zu Taylor, der ein ganzes Stück entfernt immer noch mit Jessica herumalberte.

»Ich glaube, ich habe es mir anders überlegt«, entschied Cole und stand auf. Das Boot begann, unheilvoll zu schwanken.

»Hey, lass das!«, fuhr Amy ihn an und suchte mit den Händen Halt an den Bootswänden. »Was meinst du mit anders überlegt?« Amys Stimme klang jetzt leicht panisch. Ihre Hände hatte sie so fest in das Holz gekrallt, dass ihre Knöchel weiß hervortraten.

»Wir gehen doch schwimmen«, erklärte Cole und reichte ihr die Hand, um ihr aufzuhelfen.

»Einen Scheiß werde ich tun«, antwortete sie und rührte sich keinen Millimeter.

»Jetzt sei nicht so zickig«, kicherte er, packte sie an den Hüften und hob sie hoch.

»Lass mich sofort los«, schrie Amy und

hämmerte mit den Fäusten gegen Coles Brust. Doch den schien das nur noch mehr anzustacheln.

Bevor Amy begriff, was geschah, war es schon zu spät. Mit lautem Kampfgeschrei, als sei er ein Krieger, der einen Feind besiegte, warf Cole Amy aus dem Boot.

»Ich kann nicht schwi...«, war alles, was sie noch herausbrachte, bevor sie laut platschend im Wasser landete.

Sofort fühlte sie die Beklemmung, die sie zu ersticken drohte. Unbeholfen und in Todesangst begann sie hektisch mit den Händen zu paddeln, um sich halbwegs über Wasser zu halten.

Als Cole neben ihr in den See sprang, spülte eine Welle über sie hinweg. Amy schluckte Unmengen an Wasser und war nicht in der Lage zu schreien. Ihre Kleidung, die durch das aufgesogene Wasser schwer geworden war, schien sie mit aller Gewalt nach unten ziehen zu wollen.

»Tut gut, nicht wahr?« Cole trat ungefähr einen Meter entfernt von ihr im Wasser und fühlte sich sichtlich wohl.

»Ich ... ich kann nicht ... ich kann nicht schwimmen«, krächzte sie und schluckte erneut Unmengen an Wasser.

»Na klar«, stieß er belustigt aus. »Aber tauchen kannst du hoffentlich?«

Noch bevor Amy etwas erwidern konnte, war er unter Wasser verschwunden. Kurz darauf umfassten zwei starke Hände ihre Knöcheln und zogen sie nach unten. Amy wollte noch Luft holen, doch alles ging so schnell, dass sie keine Chance mehr dazu hatte.

Jessica hatte innegehalten und sah hinüber zum Boot. Als sie ihre Freundin sah, die mit panisch aufgerissenen Augen im Wasser paddelte, keuchte sie entsetzt auf.

»Du musst Amy helfen«, schrie sie Taylor an.

»Sie scheint doch ihren Spaß zu haben«, entgegnete er.

»Sie kann nicht schwimmen«, brüllte Jessica jetzt so laut, dass auch die Leute auf den Picknickdecken zu ihnen sahen. Taylor sah sie für einen kurzen Moment irritiert an, doch als er begriffen hatte, was ihre Worte bedeuteten, schwamm er los.

Cole zog Amy tief unter Wasser. Ihr Herz begann zu rasen und sie wehrte sich verzweifelt mit Händen und Füßen. Sie trat nach ihm, doch der Widerstand des Wassers nahm ihrem Tritten die Kraft. Irgendwann ließ er los. Sie sah einen dunklen Schatten, der sich an ihr vorbei, nach oben bewegte, dann verlor sie völlig die Orientierung.

Instinktiv öffnete sie den Mund, um zu schreien, doch da strömte auch schon das Wasser in ihre Kehle.

Ihre Arme und Beine, die eben noch angsterfüllt nach allem getreten und geschlagen hatten, fehlte es bald an Kraft. Jetzt würde das geschehen, wovor sie sich immer am meisten gefürchtet hatte. Amy würde ertrinken.

Plötzlich schlangen sich zwei muskulöse Arme um ihren Oberkörper und zogen sie mit nach oben. Amy war kurz davor, völlig das Bewusstsein zu verlieren und doch nahm sie den festen Griff wahr. Der Weg nach oben kam ihr so lang vor, als befänden sie sich etliche Meter unter der Wasseroberfläche.

Endlich wurde es heller, und als ihr Kopf aus dem Wasser schoss, holte sie laut keuchend Atem.

»Ganz ruhig durchatmen. Jetzt kann dir nichts mehr passieren, ich bin bei dir«, flüsterte ihr jemand beruhigend ins Ohr. Es war Taylors Stimme, die zu ihr sprach.

Er hielt sie immer noch fest in seinen Armen und drückte sie sanft gegen seine Brust.

»Was ist denn los?«, erkundigte sich Cole, der mittlerweile zu ihnen geschwommen war. Als er Amys blasses Gesicht sah und ihr lautes Keuchen vernahm, riss er entsetzt die Augen auf.

Taylor beachtete Cole nicht, sondern konzentrierte sich ganz auf die schwer atmende Frau.

»Ich werde jetzt einen Arm von dir lösen und dann schwimmen wir ans Ufer. Du musst keine Angst haben, ich lasse dich nicht los«, erklärte er sanft. Amy, die nicht fähig war zu sprechen, nickte nur.

Behutsam half ihr Taylor aus dem Wasser, als sie endlich das Ufer erreicht hatten. Sein Vater, der wie einige anderen bei dem Tumult zum See gelaufen war, um nachzusehen, was los war, half seinem Sohn.

Taylor ließ sie nicht eher los, bis er sicher war, dass sie sich alleine auf den Beinen halten konnte. Eine grauhaarige ältere Frau, die Amy als irgendeine weit entfernte Tante in Erinnerung hatte, kam mit einer der karierten Decken auf sie zugelaufen.

Taylor nahm sie der Frau aus den Händen und legte sie Amy um die Schultern.

»Wie geht es dir?«, erkundigte er sich besorgt und suchte in ihren Augen nach einer Antwort.

»Ich bin okay«, krächzte sie, denn vom vielen Wasserschlucken war ihre Kehle völlig rau.

»Das tut mir echt leid«, hörte sie Cole hinter sich sagen. Taylor schob Amy in die Obhut seines Vaters und schoss dann zu Cole, den er unsanft am Kragen packte.

»Bist du eigentlich von allen guten Geistern verlassen?« Cole wehrte sich nicht, hob jedoch ergeben die Hände in die Höhe.

»Hey, ich konnte doch nicht ahnen, dass sie es ernst gemeint hat, als sie sagte, dass sie nicht schwimmen kann.« Amy, die das Spektakel mit großen Augen verfolgte, sah, wie sich die Sehnen in Taylors Nacken anspannten und er erstarrte.

»Sie hat dir gesagt, dass sie nicht schwimmen kann und du hast sie trotzdem ins Wasser geworfen und nach unten gezogen?«, fragte er ungläubig. Cole zuckte entschuldigend mit den Schultern, doch bevor er den Mund öffnen konnte, um etwas zu sagen, krachte Taylors Faust in sein Gesicht und er fiel hinten über.

Kapitel 8

»Soll ich dich nicht doch lieber zu einem Arzt bringen?«, erkundigte sich Taylor und sah zu Amy, die wie ein Häufchen Elend auf dem Beifahrersitz saß. Sie schüttelte den Kopf. Sofort spürte sie erneut ein Schwindelgefühl.

»Nein, ist nicht nötig«, versicherte sie ihm und zwang sich ein Lächeln auf die Lippen. »Etwas Ruhe und ich bin wieder ganz die Alte«, versprach sie.

Er nickte und richtete den Blick auf die Straße vor sich. Nach ihrem unfreiwilligem Bad hatte Taylor beschlossen, Amy nach Hause zu fahren, wo sie sich ein wenig ausruhen sollte. Amy hatte vehement protestiert, aber er hatte nicht mit sich reden lassen. Als schließlich auch sein Vater vorgeschlagen hatte, dass sie sich besser schonen sollte, hatte Amy zähneknirschend eingewilligt.

»Wenn es dir in ein paar Stunden besser geht, fahren wir zurück an den See. Versprochen«, versuchte Taylor sie zu besänftigen.

Amy hoffte, dass er sein Versprechen halten würde, denn für den Abend war ein großes Grillfest geplant. Die Aussichten auf gegrillte Steaks und Würstchen ließen ihr das Wasser im Mund zusammenlaufen.

Von Salzcrackern hatte sie mittlerweile die Nase

gestrichen voll. Außerdem machte sich der Mangel an gesunder Nahrung bemerkbar. Sie fühlte sich schlapp und müde und ihr Magen protestierte ununterbrochen.

Als sie am Haus angekommen waren, half ihr Taylor nach oben. Eine Hand hatte er auf ihren Rücken gelegt, mit der anderen umklammerte er ihren Arm. Amy hätte ihm sagen können, dass sie durchaus imstande war, alleine die Treppen nach oben zu steigen, aber sie tat es nicht. Dazu genoss sie seine Berührung viel zu sehr.

Er öffnete die Tür zu ihrem Zimmer und sah sich um. Sein Blick fiel zum angrenzenden Bad. Zweifelnd musterte er sie.

»Du willst dich sicherlich duschen. Meinst du, das schaffst du alleine?« Amy kicherte. Die Aussicht, dass er ihr beim Duschen helfen würde, war verlockend, aber auch sehr sonderbar.

»Du tust gerade so, als befände ich mich kurz vor einem Koma. Ich kann mich durchaus alleine duschen«, erwiderte sie grinsend. Er nickte, dann schweifte sein Blick durch ihr Zimmer und blieb an den drei Kekspackungen hängen, die auf ihrem Nachttisch lagen.

»Du scheinst diese furztrockenen Dinger zu mögen«, stellte er mit einem Fingerdeut auf die Tüten fest.

»Du liebe Zeit, nein. Ich kann diese Kekse mittlerweile nicht mehr sehen«, erklärte sie und verzog angewidert das Gesicht.

»Wieso isst du sie dann?«

»Weil sie billig sind und satt machen«, antwortete sie unbekümmert. Den Bruchteil einer Sekunde später schoss ihr das Blut in die Wangen, als sie bemerkte, was sie gesagt hatte. Verstohlen sah sie Taylor von der Seite an und hoffte inständig, dass er zwei und zwei nicht zusammenzählen würde. Doch sein nachdenkliches Stirnrunzeln zeigte ihr, dass es bereits zu spät war. Sie konnte förmlich sehen, wie sich das Puzzle in seinem Kopf zusammenfügte.

Ganz langsam drehte er den Kopf zu ihr.

»Willst du damit sagen, dass du die ganze Zeit nur diese Dinger in dich reinstopfst? Bist du deshalb nicht mit mir und Jessy ins Restaurant gegangen?« Amy rieb sich verlegen die Hände und nickte beschämt.

»Aber wieso?«, wollte er wissen. »Ist das irgendeine dieser kranken neumodischen Diäten?«

Amy machte einige Schritte zum Bett und setzte sich. Händeringend suchte sie nach den passenden Worten, während Taylor sie abwartend anstarrte.

»Nein, es ist keine Diät«, sagte sie leise.

»Was dann?«

»Naja, also ... also das ist mir jetzt etwas peinlich«, gab sie zu und senkte den Blick.

»Raus damit«, forderte er sie auf. Sie seufzte laut und schloss kurz die Augen, um sich zu sammeln. Dann sprudelte alles nur so aus ihr heraus.

»Mein Freund, mit dem ich Schluss gemacht

habe, hat das Geld eingesteckt, dass ich mir für diese Woche gespart habe. Von meinem Chef habe ich einen Vorschuss bekommen, aber das waren nur 150 Pfund, und da ich ja noch ein Hochzeitsgeschenk kaufen muss, dachte ich ...«, sie verstummte, weil ihr die ganze Sache unheimlich peinlich war.

Taylor kam zu ihr und setzte sich neben Amy auf das Bett.

»Da dachtest du, du könntest am Essen sparen und hast dir diese Kekse gekauft«, vervollständigte er ihren Satz. Sie nickte, ohne Taylor anzusehen.

»Ja«, flüsterte sie. Meine Güte, dieses Gespräch war derartig peinlich, dass sie am liebsten im Erdboden versunken wäre.

»Aber weshalb bist du dann nicht mit uns zum Essen gegangen?«

»Zu teuer«, gab sie zu. Taylor schloss die Augen und atmete lautstark durch. Dann sah er sie an.

»Ist das auch der Grund gewesen, warum du gestern nur eine Suppe gegessen hast?« Wieder nickte sie.

Er schoss so unvermittelt hoch, dass sie erschrocken aufschrie. Anschließend baute er sich vor ihr auf und fuhr sich kopfschüttelnd durchs Haar.

»Meine Güte Amy, was denkst du dir denn nur? Du bist hier zu Gast, was natürlich auch bedeutet, dass du dein Essen nicht selbst zahlen musst. Auf der Fahrt hierher habe ich euch eingeladen. Ich möchte, dass du diese bescheuerten Kekse in den Mülleimer wirfst und von nun an etwas Anständiges isst. Wenn du Hunger hast, geh nach unten und erkläre Martha, was du möchtest. Wenn wir ausgehen, dann bestellst du, worauf du Lust hast, ohne dir über die Kosten Gedanken zu machen. Hast du mich verstanden?«

Sie starrte ihn entgeistert an. Taylor schien richtig wütend zu sein.

»Wer ist Martha?«, erkundigte sie sich leise.

»Ach ja, du hast sie ja noch nicht kennengelernt. Sie ist Mutters Haushälterin und dafür zuständig, dass alles reibungslos abläuft. Außer ihr haben wir auch noch eine Köchin und zwei Haushaltshilfen, die täglich hier arbeiten. Gestern hatten alle frei, was auch der Grund war, weshalb wir auswärts essen gehen mussten, genauso wie heute, aber ab morgen sind sie wieder hier. Wenn du also etwas willst, dann sag es Martha oder einer der Angestellten. Verstanden?«

»Ihr habt hier Angestellte?«, wollte Amy wissen, anstatt Taylor zu antworten.

»Amy!«, warnte er sie und sah sie eindringlich an. Sie seufzte.

»Okay«, stimmte sie zu. Er nickte zufrieden, nahm die Kekspackungen vom Nachttisch und machte Anstalten zu gehen. In der Tür drehte er sich noch einmal zu ihr um und deutete auf die Badezimmertür.

»Geh jetzt duschen«, befahl er in strengem Ton und schloss die Tür hinter sich.

Nachdem sie geduscht hatte, fühlte sie sich wie neugeboren. Sie zog sich eine kurze Jeans und ein schwarzes Trägertop über, bevor sie aus dem Bad in ihr Zimmer trat.

Zu ihrem Erstaunen stand Taylor an ihrem Bett. Er hielt einen Teller in der Hand, auf dem sich ein köstlich aussehendes Sandwich befand. Daneben erkannte sie einige Weintrauben, Erdbeeren und eine Banane.

»Es wird Zeit, dass du endlich etwas Vernünftiges zu dir nimmst«, sagte er und reichte ihr den Teller. Beim Anblick der Leckereien begann ihr Magen laut zu knurren.

Lächelnd griff sie sich das Sandwich und biss herzhaft hinein. Es schmeckte unglaublich gut.

Seine Fürsorge rührte Amy und verwunderte sie zugleich. Schließlich kannten sie sich erst seit gestern. Und wenn man rückblickend betrachtete, wie er sich noch einen Tag zuvor ihr gegenüber verhalten hatte, dann war dies hier eine 360-Grad-Wendung. Es war fast so, als seien sie sehr alte und sehr gute Freunde.

Amy sah zu Taylor auf, der sich nicht von der Stelle rührte und sie aufmerksam beobachtet.

»Musst du unbedingt zusehen, wie ich das Sandwich verdrücke?«, fragte sie mit vollem Mund. Sie mochte es nicht, wenn man sie beim

Essen beobachtete.

»Ich bleibe so lange hier, bis nichts mehr auf dem Teller ist«, gab er bestimmt zurück. »Schließlich muss ich sichergehen, dass du nicht doch noch irgendwo Kekse versteckt hast«, fügte er grinsend hinzu.

Sie schüttelte belustigt den Kopf und biss erneut in das saftig belegte Brot. Es tat so gut, wieder etwas Normales zu essen.

Lange musste Taylor sich nicht gedulden, bis der Teller leer gegessen war. Amy schlang auch das Obst in sich hinein, als hätte sie seit Wochen nichts gegessen.

»Brav«, sagte er und blickte zufrieden auf den Teller, auf dem sich nur noch die Bananenschale befand.

»Das war wirklich lecker. Vielen Dank«, entgegnete sie und unterdrückte ein Rülpsen. Taylor warf einen Blick auf den Wecker.

»Das Grillen beginnt erst in ein paar Stunden. Vielleicht solltest du vorher noch ein wenig ausruhen?«

Er sah sie fragend an, während Amy überlegte. Sie war tatsächlich ganz schön geschafft. Das Adrenalin, das sie die ganze Zeit auf den Beinen gehalten hatte, war mittlerweile verflogen und jetzt fühlte sie sich schlapp und müde. Sicher hatte das gute Essen auch seinen Teil dazu beigetragen.

»Wenn es für dich okay ist?«, erkundigte sie sich unsicher.

»Hau dich aufs Ohr und ruh dich aus. Ich werde dich später wecken«, sagte er sanft.

»Ich würde wirklich gerne heute Abend an den See gehen«, versicherte sie ihm, weil sie befürchtete, er würde sie doch nicht wecken, wenn sie erst einmal eingeschlafen war.

»Dann bis später. Schlaf gut.« Er zog die Vorhänge zu, schenkte ihr ein Lächeln und verließ das Zimmer. Amy ließ sich aufs Bett fallen und schloss zufrieden die Augen.

Kapitel 9

»Aufstehen«, flüsterte eine sanfte Stimme. Erst wusste Amy nicht, wo sie war, doch dann kehrte ihre Erinnerung langsam zurück. Das musste Taylor sein. Er hatte sie rechtzeitig wecken wollen, damit sie nicht zu spät zum Grillfest am See kamen. Aber Moment mal. Das eben war eine weibliche Stimme gewesen.

Verwirrt öffnete Amy die Augen. In dem abgedunkelten Zimmer erkannte sie zuerst nichts, doch dann wurden die Umrisse einer Person sichtbar. Die Umrisse einer Frau.

»Jessica? Bist du das?« Amy richtete sich in ihrem Bett auf und tastete nach dem Schalter der Nachttischlampe. Als sie ihn endlich gefunden und das Licht angeschaltet hatte, blickte sie in zwei große braune Augen, die sie neugierig musterten.

»Hi«, begrüßte sie eine junge Frau, die nur unwesentlich jünger zu sein schien als Amy. Ihre dunkelbraunen Haare fielen ihr in leichten Wellen bis auf die Brust und ihre helle Haut war von einem zarten Goldschimmer überzogen. So als habe sie einige Zeit in der Sonne verbracht.

»Wer ... wer bist du?«, stammelte Amy verwirrt. Unweigerlich fragte sie sich, ob sie die junge Frau bereits kennengelernt, es aber vergessen hatte. Konnte man Amnesie bekommen, wenn dem

Gehirn zu lange der Sauerstoff entzogen wurde?

»Mein Name ist Katharina. Katharina Ludwig.«

Amy runzelte die Stirn. Hörte sich wie ein deutscher Name an, was wahrscheinlich auch der Grund für den Akzent war, den sie nicht gleich hatte einordnen können.

»Hi, ich bin Amy«

»Ich weiß«

»Wieso stehst du hier an meinem Bett?« Langsam begann Amy, sich unbehaglich zu fühlen. Katharina grinste.

»Taylor hat mich gebeten, dich zu wecken«, erklärte sie.

»Okay, das hast du ja nun erledigt«, entgegnete Amy und sah zur Tür, in der Hoffnung Katharina würde jetzt das Zimmer wieder verlassen. Doch die dachte gar nicht daran, zu gehen. Ganz im Gegenteil. Sie setzte sich auf die Bettkante und musterte Amy ausgiebig.

»Du bist anders als die Frauen, mit denen sich Taylor normalerweise trifft, aber das finde ich gut. Ich glaube, du bist sympathisch«, stellte sie fest. Nun musste auch Amy grinsen.

»Vielen Dank, aber ich bin nicht Taylors Date. Er war nur so freundlich sich um mich zu kümmern. Und du bist?«

»Ich bin James Halbschwester«, informierte Katharina sie knapp. Amy glotzte die Frau verwirrt an. Wer zum Teufel war James? Verzweifelt durchsuchte Amy ihre Erinnerungen.

Wer war gleich noch mal James? Als könne Katharina ihre Gedanken lesen fügte sie hinzu: »James Benson, der Bräutigam.«

Ja genau, jetzt fiel es Amy wieder ein. Sie hatte ihn noch nicht kennengelernt, da er noch geschäftlich unterwegs war und erst am Donnerstag eintreffen würde.

Sie sah auf.

»Du hast aber einen anderen Nachnamen.« Katharina nickte.

»Das liegt daran, dass wir zwar den gleichen Vater haben, aber verschiedene Mütter. Ich lebe bei meiner Mom in Deutschland und trage auch ihren Nachnamen.«

Von unten war Taylors Stimme zu hören.

»Was dauert da oben denn so lange? Seid ihr bald fertig, wir müssen los.« Die beiden Frauen sahen sich an, dann kicherten sie und Amy sprang aus dem Bett. Sie zog eine lange Jeans und ein Shirt aus dem Koffer und verschwand im Badezimmer, wo sie sich rasch anzog. Anschließend stiegen die beiden Frauen die Treppe nach unten, wo Taylor schon ungeduldig auf sie wartete.

»Wird aber auch Zeit. Wenn ihr noch länger trödelt, sind die besten Steaks weg.«

Zurück am See musste Amy eine Flut von Entschuldigungen über sich ergehen lassen. Cole, dessen rechte Wange beängstigend dick angeschwollen war, beteuerte ihr permanent, wie leid ihm das Ganze tat.

Erst als Taylor ihm androhte, sich auch noch seiner anderen Gesichtshälfte anzunehmen, wenn er keine Ruhe gab, trollte er sich.

»Das war ja ein wirklich aufregender Tag«, stellte Jessica fest, die sich neben Amy auf die Decke gesetzt hatte. »Geht es dir gut?« Amy nickte.

»Alles wieder bestens«, versicherte sie ihrer Freundin.

»Nicht auszudenken, was hätte passieren können, wenn Taylor nicht zur Stelle gewesen wäre. Dieser Cole ist ein echtes Arschloch«, schnaubte Jessica aufgebracht.

»Ich bin Taylor sehr dankbar«, stimmte Amy zu und sah hinüber zu Cole, der wie ein Häufchen Elend auf seiner Decke saß und die Wurst auf seinem Teller anstarrte, als sei die an allem schuld. Irgendwie tat er ihr leid. »Was Cole betrifft, so bin ich ihm nicht böse. Kein Wunder, dass er mir nicht geglaubt hat und dachte, ich würde ihn veräppeln. Es ist je auch schwer vorstellbar, dass es in unserer Zeit Menschen gibt, die nicht schwimmen können«

»Na hör mal. Das ist gar nicht so selten. Selbst in meinem Bekanntreis gibt es einige Leute, die das nicht können. Wie auch immer, er hätte dich ernst nehmen oder zumindest noch einmal nachfragen müssen. Stattdessen hat er dich unter Wasser gezogen, der Idiot«, widersprach Jessica empört.

»Ist ja nichts passiert«, erwiderte Amy lahm und erntete ein weiteres aufgebrachtes Schnauben. Sie ließ den Blick über die Personen schweifen, die in der Nähe eines großen Lagerfeuers saßen. Ihr Blick blieb an Katharina hängen, die neben einem jungen Mann stand und herzhaft lachte. Der goldene Schein des Feuers spiegelte sich in ihrem Gesicht und gab ihren Zügen etwas Weiches.

Sie war fast einen ganzen Kopf kleiner als Amy und doch hatten beide Frauen einen ähnlichen Körperbau. Katharina besaß, wie sie, eine feminine Figur mit genau den richtigen Rundungen. Ihre Augen funkelten lebhaft und strahlten pure Lebensfreude aus. Auch wenn Amy sie noch nicht lange kannte, sie mochte die junge Frau.

»Kennst du diese Katharina?«, erkundigte sie sich bei Jessica, ohne den Blick vom Lagerfeuer abzuwenden.

»Ein wenig«, gab ihre Freundin zurück. »Ich habe sie bei zwei Anlässen getroffen und wir haben uns kurz unterhalten. Ich finde sie nett, aber Tante Heather kann sie nicht leiden«, verriet Jessica.

Erstaunt sah Amy zu ihr.

»Weshalb nicht?«

Jessica beugte sich hinüber zu ihr und hielt sich verschwörerisch die Hand vor den Mund.

»Weil sie das Produkt einer Affäre ist. Mr Benson, der Vater des Bräutigams, hat ihre Mutter bei einer seiner Geschäftsreisen kennengelernt. Es hat gefunkt und beide landeten im Bett und prompt war sie schwanger. Tante Heather ist der Meinung, sie hätte es darauf angelegt, aber das sehe ich nicht so. Jedenfalls kam so die ganze Affäre heraus. Da bei einer Trennung ein großer Teil seines Vermögens an seine Frau gegangen wäre, entschied er sich bei ihr zu bleiben. Er hat Katharinas Mutter eine dicke Abfindung gezahlt und überweist ihr zudem jeden Monat eine nicht unbeträchtliche Summe. Katharina wuchs bei ihrer Mutter in Deutschland auf, wurde aber zweisprachig erzogen. Sie hat sich zu einer selbstbewussten, jungen Frau entwickelt und hält nicht viel von ihrem leiblichen Vater. Der Einzige, zu dem sie wirklich Kontakt hat, ist ihr Halbbruder James. Du hättest Tante Heathers Gesicht sehen sollen, als James ihr mitteilte, dass seine Schwester eine der Brautjungfern sein würde.« Jessica kicherte, als sie sich an den Moment zu erinnern schien.

Amy sah wieder zu Katharina, die sich mittlerweile auf einen Baumstamm gesetzt hatte und einen Ast mit Marshmallows ins Feuer hielt. Nicht nur, dass sie die junge Frau auf Anhieb sympathisch gefunden hatte, nein, beide verband noch etwas anderes. Heather Morgans Antipathie.

Seit ihrer Ankunft fühlte sich Amy zum ersten Mal nicht wie eine Ausgestoßene. Alle waren nett zu ihr und erkundigten sich laufend, ob es ihr wieder besser ging, bis auf Mrs Morgan, die den ganzen Abend kein Wort mit ihr wechselte. Wahrscheinlich kreidete die dumme Ziege Amy an, dass sie fast ertrunken und damit um ein Haar das Picknick ruiniert hätte.

Amy war es egal. Sie legte keinen großen Wert auf eine Unterhaltung mit dieser Frau. Stattdessen saß sie mit den anderen Gästen am Feuer und amüsierte sich köstlich.

Zu ihrem Erstaunen stellte sie fest, dass sie sich wohlfühlte und nicht mehr das Bedürfnis hatte, auf und davon zu rennen. Auf das Probe-Essen am folgenden Tag freute sie sich fast.

Kapitel 10

Am Donnerstag fühlte sich Amy, als habe man mit einem Hammer auf sie eingedroschen. Ihr Schädel brummte und erst nach drei Aspirin ging es ihr ein wenig besser.

Am Tag zuvor hatte das Probe-Essen für die Hochzeit stattgefunden, was jedoch nach kurzer Zeit in ein Saufgelage umgeschlagen war. Schuld an ihrem desolaten Zustand war Jessica, die sie permanent mit verschiedenen Drinks versorgt hatte. Getränke, die einzeln gesehen sicher sehr lecker waren, aber durcheinandergetrunken ein Chaos anrichten konnten, wie Amy am Tag darauf feststellen musste.

Zum Glück war heute ein freier Tag, denn es ging erst am Freitag wieder weiter. Mit den Junggesellen-Abschieds-Partys.

Jessica und Amy hatten noch nicht entschieden, ob sie heute etwas unternehmen, oder gemütlich faulenzen wollten. Um zehn Uhr quälte sie sich aus dem Bett, öffnete das Fenster und seufzte. Schon wieder so verdammt heiß. Sie zog eine kurze Jeans und ein pinkfarbenes Tanktop aus dem Koffer und ging unter die Dusche.

Kaum war sie fertig angezogen, klopfte es auch schon an ihrer Tür und ihre Freundin steckte den Kopf herein.

»Super, du bist schon wach«, frohlockte sie, als sie sah, dass Amy bereits angezogen war.

»Guten Morgen«, brummte Amy und rieb sich demonstrativ die Stirn.

»Brummschädel?«, mutmaßte Jessy. Amy nickte.

»Und das nur, weil du meintest, ich müsste jeden Cocktail der Welt höchstpersönlich probieren.« Ihre Freundin kicherte leise.

»Niemand hat dich gezwungen«, murmelte sie. »Aber jetzt zu etwas anderem. Taylor hat den Vorschlag gemacht, heute nach Trevone und Padstow zu fahren. Was meinst du?«

Amy sah ihre Freundin an, als habe sie die gebeten, sich in den Hauptcomputer der britischen Regierung zu hacken.

»Was?«, erkundigte sich Jessy verwirrt. »Weshalb starrst du mich so an?« Amy seufzte.

»Vielleicht warte ich darauf, dass du ein paar mehr Informationen rüberwachsen lässt. Trevone? Padstow? Sollte mir das irgendwas sagen?«

Jessica warf die Arme in die Luft und verdrehte die Augen.

»Meine Güte, du hast aber auch von nichts eine Ahnung. Trevone ist ein Ort in der Nähe. Dort befindet sich der Brauttisch. Taylor meinte, wir könnten erst nach Trevone fahren und das mit unseren Geschenken erledigen. Anschließend hat er uns nach Padstow zum Essen eingeladen.« Als Amy den Mund öffnete, um etwas zu sagen, hob ihre Freundin genervt die Hand. »Bevor du mich jetzt mit Fragen löcherst, Padstow ist ebenfalls ein Ort. Größer als Trevone, aber nicht sehr viel. Dort gibt es einen ganz schnuckeligen Hafen mit urgemütlichen Restaurants. Außerdem einen kleinen Markt, auf dem man echte Schnäppchen machen kann. Als Kind war ich einige Male dort und ich kann dir sagen, es ist fabelhaft. Also, was ist? Hast du Lust?«

Amy starrte ihre Freundin erstaunt an. Wie konnte jemand nur so schnell reden, ohne zwischen den einzelnen Sätzen Luft zu holen?

»Okay«, sagte sie schließlich, noch immer erschlagen von der Flut an Worten, die Jessy eben über sie ergossen hatte.

»Fein, dann lass uns etwas frühstücken und Taylor Bescheid geben, dass wir einverstanden sind.«

Unter Taylors wachsamen Augen biss Amy in ihr zweites Croissant. Er nickte zufrieden. Sie schmunzelte.

Mrs Morgan saß an der eleganten Küchentheke, trank, wie es für eine Engländerin üblich war Tee und las in der Zeitung. Vor der Arbeitsfläche wuselte eine korpulente, kleine Frau herum, die immer mehr Köstlichkeiten auf den Frühstückstisch stellte. Das musste Martha sein, von der Taylor Amy erzählt hatte.

Er hielt ihr auffordernd den Korb mit Brötchen und Croissants entgegen, doch Amy war satt und lehnte dankend ab. Er lächelte.

»Hab ich irgendwas verpasst?«, erkundigte sich Jessica, deren Blick neugierig zwischen Amy und Taylor hin und her schoss.

»Wir haben uns nur kurz unterhalten und einige Unstimmigkeiten geklärt, das ist alles«, murmelte Amy. Jessy zog fragend eine Augenbraue nach oben, sagte aber nichts mehr.

Amy schob sich das letzte Stück in den Mund und leckte sich genüsslich die Finger ab. Sie war froh, dass sie sich nun nicht mehr von faden Salzcrackern ernähren musste.

Während sie einen Schluck Kaffee nahm, sah sie durch das große Fenster hinaus auf die Einfahrt und erkannte in einiger Entfernung einen Wagen, der sich dem Haus näherte. Auch Jessica hatte das Fahrzeug bemerkt und blickte stirnrunzelnd nach draußen.

Als der Mercedes vor dem Haus parkte und eine rothaarige Frau ausstieg, stöhnte Jessica laut auf.

»Die hat mir gerade noch gefehlt«, brummte sie verdrießlich.

»Wer ist das?«, wollte Amy wissen und beobachtete die große, schlanke Frau, deren rote Haare in der Sonne wie Flammen leuchteten. Sie hatte feine Gesichtszüge und hohe Wangenknochen und ihr Teint schien makellos zu sein. Schon von Weitem konnte Amy erkennen, dass sie außergewöhnlich große Mandelaugen besaß. Diese Frau war wirklich bildhübsch.

»Tracy McPhean«, knurrte Jessy und warf der Frau einen vernichtenden Blick zu.

»Müsste mir das etwas sagen?«, flüsterte Amy.

»Eine reiche Bankierstochter und die Exverlobte von Taylor. Ein absolutes Miststück.«

Amy verspürte bei den Worten einen unangenehmen Knoten im Magen. Bisher hatte sie sich noch keinerlei Gedanken gemacht, was Taylors Liebesleben anging. Doch zu wissen, dass diese Frau mit ihm zusammen gewesen war, verursachte in ihr eine Art Eifersucht.

»Wenn sie seine Ex ist, was hat sie dann hier zu suchen?«, fragte sie neugierig und so leise, dass nur Jessica es hören konnte.

»Das haben wir Tante Heather zu verdanken. Sie vergöttert Tracy und ist besessen von dem Gedanken, dass die beiden wieder zusammenkommen. Tracy ist genau die Art Frau, die sie sich als Schwiegertochter wünscht. Sie kommt aus sehr gutem Haus, hat Manieren, sieht gut aus und ist dumm wie ein Stück Brot.«

Amy, die gerade von ihrem Orangensaft genippt hatte, verschluckte sich bei Jessicas letzten Worten und begann fürchterlich zu husten. Ihre Freundin klopfte ihr grinsend auf den Rücken.

»Wird es wieder gehen?«, gluckste sie vergnügt. Amy nickte kichernd. Aus dem Augenwinkel sah sie, wie Mrs Morgan missbilligend in ihre Richtung sah und dabei den Kopf schüttelte, doch als Tracy in die Küche trat, hellten sich ihre Züge auf und sie lächelte.

Die Gewitterhexe kann ja richtig sympathisch lächeln, dachte Amy.

Die beiden Frauen begrüßten sich mit Küsschen links und Küsschen rechts, achteten dabei doch penibel darauf, sich nicht zu berühren.

»Meine Liebe, was für eine Freude dich zu sehen«, zwitscherte Mrs Morgan und wandte sich an ihren Sohn. »Taylor, sieh doch, wer gekommen ist.« Ihr Sohn sah auf. Plötzlich hatte Amy das Gefühl, als verhärteten sich seine Züge.

»Tracy«, sagte er kühl und widmete sich dann wieder dem Sportteil seiner Zeitung.

»Er ist so früh immer etwas unausstehlich«, entschuldigte sich Mrs Morgan und warf ihrem Sohn einen vorwurfsvollen Blick zu, den er jedoch gar nicht wahrnahm. Tracy machte eine wegwerfende Handbewegung und schenkte Heather ein strahlend weißes Lächeln.

»Das weiß ich doch, schließlich haben wir uns fast zwei Jahre ein Bett geteilt«, erwiderte sie. Erneut durchfuhr Amy dieses seltsame Gefühl der Eifersucht. Plötzlich sah sie die beiden im Geiste vor sich, wie sie sich durch ein großes Bett wälzten und leidenschaftlichen Sex miteinander hatten. Zum Glück steckte sich Jessica neben ihr gerade einen Finger in den Mund und tat, als müsse sie sich übergeben. Damit riss sie Amy aus ihren verworrenen Gedanken.

»Warum bist du denn nicht schon früher

gekommen? Du hast unser Grillfest am See verpasst«, sagte Mrs Morgan tadelnd.

»Dad wollte, dass ich noch an einem Empfang teilnehme. Deshalb konnte ich nicht früher anreisen, aber jetzt bin ich ja da.«

Mrs Morgan richtete wieder das Wort an ihren Sohn.

»Taylor, sei doch so nett und hilf Tracy mit ihrem Gepäck«, bat sie ihn.

»Es ist noch im Auto«, flötete Tracy in seine Richtung. Mit einem sichtlich genervten Gesichtsausdruck erhob er sich von seinem Stuhl und ging nach draußen. Tracy zwinkerte Mrs Morgan vielsagend zu und folgte ihm.

»Was für eine dämliche Schnalle«, murmelte Jessica.

»Er scheint aber nichts mehr für sie zu empfinden«, stellte Amy hoffnungsvoll fest.

»Das kannst du laut sagen. Ich glaube, Taylor ist heilfroh, dass er dieses hirnlose Modepüppchen los ist, aber das scheint dieser rothaarige Wurmfortsatz nicht zu kapieren. Jetzt können wir die nächsten Tage wieder zusehen, wie sie ihn umgarnt.«

Kapitel 11

In einer Hand hielt Jessica einen Pfefferstreuer, der die Form eines schwarzen Jungen hatte, in der anderen das genaue Gegenteil. Ein Salzstreuer, der einen kleinen weißen Knaben darstellte. Auf beiden Köpfen waren unzählige Löcher eingelassen, aus denen die Gewürze rieseln sollten. Die zwei Figuren sahen aus, als litten sie an kreisrundem Haarausfall.

»Das ist doch krank«, stellte sie fest, verzog das Gesicht zu einer Grimasse und hielt Amy anklagend die beiden Figuren vor das Gesicht. »Wer wünscht sich denn bitte so einen Scheiß?«

»Leute, die sonst schon alles haben?«, antwortete Amy nicht weniger abschätzig.

Als Jessy die Figuren auf den Kopf drehte, schnaubte sie ungläubig.

»Diese kleinen Scheißer kosten 90 Pfund. Gibt es wirklich Leute, die ihr Geld für so einen Müll ausgeben?«

»Sieht ganz so aus«, erwiderte Amy mit einem Schulterzucken.

»Auf jeden Fall haben wir eben wieder etwas gelernt«, sagte Jessy und stellte Salz- und Pfefferstreuer zurück an ihren Platz. »Nämlich, dass Geld und Geschmack nichts miteinander zu tun haben.«

»Nein, wie niedlich«, kiekste Tracy, als sie die beiden Figuren sah, und griff danach. Jessy verdrehte die Augen.

»Das bestätigt meine Theorie«, flüsterte sie Amy zu, die daraufhin gluckste.

»Der Neger ist ganz besonders süß«, flötete Tracy.

»Du hast wohl zu oft "Vom Winde verweht" gesehen«, fuhr Jessy die sichtlich verdatterte Tracy an. Dann wandte sie sich zu Amy. »Ich dreh dieser Kuh irgendwann den Hals um«, erklärte sie leise und atmete tief durch.

Amy drehte sich rasch ab, damit Tracy ihr Grinsen nicht sah. Sie hatte sich unheimlich auf diesen Ausflug gefreut, bis Taylors Ex verkündet hatte, dass sie auch mitkommen würde.

Amy hob eine Butterdose und suchte nach dem Preis. Als sie das Schildchen fand, hätte sie das Teil um ein Haar fallen lassen, so entsetzt war sie. 179 Pfund für eine lächerliche Butterdose?

Langsam wurde ihr richtig schlecht. Was sollte sie dem Brautpaar denn schenken? Alles, was auf diesem Tisch lag, hatte horrende Preise und lag weit über dem, was sie sich leisten konnte.

Taylor tauchte neben ihr auf.

»Na, alles klar?«, erkundigte er sich und beäugte einen sehr modern wirkenden Toaster. Als er den Preis fand, hob er eine Braue. »Wird der Toast darin nicht geröstet, sondern vergoldet?« Amy lachte laut auf und schenkte ihm ein dankbares

Lächeln.

»Bei dem Preis sollte es das können«, stimmte sie zu und schüttelte den Kopf, angesichts der 289 Pfund, die der Ladenbesitzer dafür veranschlagt hatte.

»Ich hätte nicht gedacht, dass meine Schwester einen derart schlechten Geschmack hat«, murmelte Taylor und besah sich nun seinerseits Pfeffer- und Salzstreuer. Amy musterte ihn lange.

»Hast du dich schon entschieden, was du ihnen zur Hochzeit schenkst?«, erkundigte sie sich neugierig. Taylor nickte.

»Ich habe ihr ein Gemälde ihres Lieblingskünstlers Claude Deversy gekauft«, verriet er und beugte sich zu Amy, um ihr ins Ohr zu flüstern. »Das Teil ist, um es genau zu sagen, abscheulich, aber wenn es Ashley gefällt, soll es mir recht sein. Hast du denn schon etwas gefunden?«

Sie schüttelte seufzend den Kopf.

»Du kennst ja meine finanziellen Möglichkeiten und all das hier ...«, sie machte eine ausschweifende Handbewegung, »... sprengt mein Budget. Ich werde wohl oder übel woanders nach einem passenden Geschenk suchen müssen.«

Auf der Fahrt nach Padstow sah Amy verträumt aus dem Fenster und lächelte. Sie hatte sich darauf eingestellt, den restlichen Tag nach einem halbwegs adäquaten Geschenk suchen zu müssen doch ihre Freundin hatte sie wieder einmal gerettet. Jessica hatte sich kurzerhand den seltsam aussehenden Toaster gegriffen und gekauft.

»Das ist unser Geschenk«, hatte sie Amy verkündet, als sie der Verkäuferin ihre Kreditkarte reichte. Als die heftig widersprach, meinte Jessica: »Ich habe dich auf diese Hochzeit geschleppt und außerdem bekomme ich das Geld von meinen Eltern wieder. Also sei still und akzeptiere es.«

Somit hatte sich Amys Geschenk-Problem erledigt und sie konnte den Rest des Tages in vollen Zügen genießen. Naja, wäre da nicht diese Tracy gewesen, die sich Taylor derartig anbiederte, dass einem schlecht werden konnte.

In dem kleinen Hafenrestaurant versuchte Tracy vergeblich, sich neben Taylor zu setzen, doch der nahm rasch neben Amy Platz und schenkte ihr ein entwaffnendes Lächeln.

»Die Tintenfischringe hier sind absolut göttlich.« Amy verzog das Gesicht.

»Ich esse keine Fische, die Füße haben.« Taylor lachte.

Tracy, der es gar nicht zu gefallen schien, dass Taylor und Amy sich so gut verstanden, mischte sich ein.

»Wie wäre es mit ein paar Austern als Vorspeise?« Amy sah fragend zu Taylor, der gelangweilt mit den Schultern zuckte, was Tracy als Zustimmung deutete.

Noch niemals in ihren Leben hatte Amy eine

Auster gegessen und sie konnte sich auch nicht so recht vorstellen, dass diese ihr schmecken würden, aber sie wollte den überteuerten Muscheln eine Chance geben und sie wenigstens einmal probieren.

Als der Ober die Austern, die zusammen mit Zitronenscheiben auf einer silbernen Platte serviert wurden, auf den Tisch stellte, bereute Amy ihre Entscheidung.

Taylor legte ihr eine Auster auf den Teller, nahm sich selbst jedoch keine. Als sie ihn fragend ansah, sagte er:

»Ich hasse diese schleimigen Dinger.«

Während Tracy eine Auster nach der anderen schlürfte, starrte Amy angewidert auf ihre eigene und rümpfte die Nase.

»Das sieht aus, als hätte jemand in eine Muschel gerotzt«, stellte sie leise fest. Taylor begann schallend zu lachen.

»Du musst sie nicht essen, wenn du nicht willst. Ich kann dir versichern, dass du nichts verpasst.«

Amy schob den Teller von sich. Sie konnte sich nicht überwinden, den glibberigen Inhalt der Muschel zu essen. Außerdem war ihr mittlerweile schon etwas unwohl, was an den lauten Schlürfgeräuschen lag, die Tracy von sich gab.

Beim Hauptgang verließ sie sich ganz auf ihren eigenen Geschmack und bestellte eine Grillplatte. Es schmeckte wundervoll. Nachdem sie gegessen hatten, lehnte sie sich in ihrem Stuhl zurück und seufzte zufrieden.

Taylor schlug vor, einen kleinen Verdauungsspaziergang zu machen und so schlenderten sie kurze Zeit später durch den Hafen, während die Dämmerung den Himmel in ein zartes Violett tauchte.

»Du bist also Jessicas beste Freundin«, erklang plötzlich eine glockenhelle Stimme neben Amy. Tracy hatte anscheinend beschlossen, mehr über sie zu erfahren.

»Jep«, antwortete sie knapp, doch das schien Tracy nicht daran zu hindern, ihr weitere Fragen zu stellen.

»Wer sind deine Eltern?« Amy drehte den Kopf zu Tracy.

»Meine Eltern sind tot«, antwortete sie ernst. Ihr Dad war bei einem Arbeitsunfall gestorben, als sich eine Explosion in der Fabrik ereignet hatte, in der er als Vorarbeiter angestellt gewesen war.

Ein Jahr später hatte Amy auch ihre Mutter verloren, als diese sich mit einer Überdosis Schlaftabletten das Leben genommen hatte. Ihre Mom war nie über den Tod ihres Mannes hinweggekommen und hatte für sich entschieden, dass sie ihm folgen wollte.

Jeder normale Mensch hätte nun »Tut mir leid« oder etwas Ähnliches von sich gegeben, nicht aber Tracy.

»Dann lebst du von deinem Erbe?«

»Nein, ich verdiene meinen Lebensunterhalt mit

Arbeit, falls dir der Begriff etwas sagt«, gab sie patzig zurück. Sie hatte keine Lust sich mit dieser Tussi über ihr Leben zu unterhalten.

»Und welchen Job hast du?«

Amy schnaubte innerlich. Gab diese Kuh denn niemals Ruhe? Jessica drängte sich zwischen die beiden Frauen.

»Amy gehört zu den besten Coiffeuren in London«, erklärte sie stolz. Amy sah rasch zur Seite und biss sich auf die Lippe, um nicht laut loszuprusten. Sie liebte Jessicas herzerfrischende Art.

»Ist das so?«, sagte Tracy zweifelnd und zog eine perfekt gezupfte Augenbraue nach oben.

»Jessica übertreibt«, sagte Amy und schenkte ihrer Freundin ein dankbares Lächeln. Obwohl auch Jessicas Eltern unglaublich reich waren, hatten sie ihre Tochter zu einem anständigen Menschen erzogen, die die kleinen Dinge des Lebens zu schätzen wusste.

»Was verdient man denn in diesem Job?«

Jetzt war es aber wirklich genug. Amy würde dieser Zicke sicher nicht verraten, was am Monatsende auf ihrem Lohnzettel stand. Mal ganz abgesehen davon, dass diese sich unweigerlich über Amys Verdienst lustig machen würde, sobald sie erfuhr, wie gering dieser war.

»Darüber spreche ich nicht«, sagte sie so freundlich wie möglich. Tracys Blick glitt prüfend über Amys Kleidung.

»Verständlich. Wenn ich mir deine Klamotten so ansehe, dann kann das ja nicht die Welt sein«, zischte sie.

Bevor Amy eine passende Antwort einfiel, war Tracy schon davongetänzelt und redete Sekunden später, auf Taylor ein, der Amy einen verzweifelten Blick zuwarf.

»Das ist vielleicht eine doofe Kuh.« Jessica hakte sich bei Amy ein.

»Da kann ich dir nur zustimmen«, murmelte Amy und sah zum Schaufenster eines Secondhandladens. Dann plötzlich sah sie es und blieb ruckartig stehen. Unweigerlich hielt auch Jessica an und sah sich verwirrt um.

»Was ist denn los?«, erkundigte sie sich und suchte nach dem Grund für Amys abrupten Stopp. Amy löste sich von ihrer Freundin und machte ein paar Schritte auf das große Fenster zu, ohne den Blick von der Schaufensterpuppe und dem Kleid, welches diese trug, abzuwenden.

»Das ist wunderschön«, hauchte sie und legte eine Hand auf das Glas. Das Kleid war aus hellblauer, schimmernder Seide, hatte zwei zarte Spaghettiträger und einen tiefen V-Ausschnitt. Es war eng geschnitten, und besaß seitlich einen Schlitz, der fast ein wenig zu gewagt war. Er ging bis weit hinauf zu den Oberschenkeln. Das wirklich Besondere an dem Kleid jedoch waren die funkelnden Kristalle, die den Stoff übersäten. Am Oberteil saßen die funkelnden Steine dicht aneinandergedrängt und wurden nach unten hin immer weniger. Es sah aus wie frischer Morgentau, der in der Sonne glitzerte.

»Das ist wirklich traumhaft«, stimmte Jessica ihr zu. »Könnte sogar genau deine Größe sein, wenn ich mich nicht täusche. Damit würdest du auf der Hochzeit ganz schön auffallen.«

»Es ist ein absoluter Traum«, flüsterte Amy. Jessica schlenderte zur Eingangstür und beugte sich nach vorn, um die Ladenöffnungszeiten zu finden.

»Die machen morgen um neun Uhr auf. Wenn du willst, fahren wir noch einmal hierher, dann kannst du es anprobieren«, schlug sie vor.

Amys Blick wanderte zu dem kleinen Schild am Boden, an dem der Preis zu lesen war. 489 Pfund. Sie seufzte.

»Ich kann es mir sowieso nicht leisten«, erklärte sie niedergeschlagen und zog Jessica vom Schaufenster fort. »Aus den Augen, aus dem Sinn«, murmelte sie.

In einiger Entfernung stand Taylor und musterte die beiden. Von Tracy war weit und breit nichts zu sehen. Doch dann entdeckte Amy Tracys auffallend rote Haare vor einer Eisdiele. Sie tänzelte vor der Glasvitrine herum und nahm gerade ein Eis entgegen.

»Was Interessantes gesehen?«, fragte Taylor neugierig, als sie ihn endlich erreicht hatten. Amy schüttelte den Kopf, doch Jessica plapperte munter drauf los.

»Amy hat im Schaufenster ihr Traumkleid gefunden. Hellblau mit traumhaft schönen Kristallen«, berichtete sie. Taylor sah Amy an.

»Wenn du möchtest, fahre ich morgen Vormittag mit dir hierher zurück, damit du es dir ansehen kannst«, schlug nun auch er vor. Bevor sie antworten konnte, winkte Jessica ab.

»Habe ich ihr schon angeboten, aber der Fummel ist ein wenig zu teuer.«

»Was ist zu teuer?«, erkundigte sich Tracy, die sich mittlerweile wieder zu ihnen gesellt hatte, und warf Taylor einen lasziven Blick zu, während ihre Zunge über die Kugel Erdbeereis glitt.

»Nicht so wichtig«, antwortete der. »Wir sollten uns langsam auf den Heimweg machen.«

Kapitel 12

Amy stand vor dem Spiegel in ihrem Zimmer und nickte zufrieden. Nach knapp einer Stunde und diversen Outfits hatte sie endlich etwas gefunden, in dem sie sich halbwegs wohlfühlte.

Sie hatte sich für einen zarten, geblümten Chiffonrock und eine ärmellose, weiße Bluse entschieden. Dazu trug sie rosafarbene Sandalen.

So konnte sie sich, auf dem für heute geplanten Junggesellinnenabschied sehen lassen. Als es klopfte, öffnete sie die Tür.

Jessica streckte ihr grinsend zwei Blumenkränze entgegen.

»Was soll ich damit?«

»Das Motto der Party ist Hawaii. Alle Gäste müssen diese Kränze tragen«, erklärte sie und deutete auf den kleineren von beiden. »Der ist als Kopfschmuck gedacht und den anderen hängst du dir einfach um den Hals.«

»Und wo sind deine?«, fragte Amy argwöhnisch.

»Noch unten in der Küche«, antwortete Jessy gut gelaunt. Dann musterte sie Amy von Kopf bis Fuß und nickte anerkennend. »Du siehst toll aus.«

»Danke«, entgegnete Amy erleichtert.

Draußen ging bereits die Sonne unter, als die beiden Freundinnen in die Küche traten. Auf der Theke stand ein großer Korb mit unzähligen

Blumenkränzen. Jessica nahm sich zwei, hing sich einen um den Hals und setzte sich den anderen auf den Kopf.

»Aloha«, kicherte sie aufgedreht und versuchte sich an einem hawaiianischen Tanz, der jedoch völlig in die Hose ging und eher aussah, als habe sie heftige Gelenkzuckungen.

Amy war überhaupt nicht nach Feiern zumute. Nicht, wenn sie an ihren schwarzen Hosenanzug denken musste, der als Outfit für die morgige Festlichkeit herhalten musste. Am Nachmittag hatte sie zufällig das Kleid gesehen, dass Tracy auf der Hochzeit tragen würde und nun kam ihr der Anzug regelrecht schäbig vor.

Tracy hatte sich ein gelbes Traumkleid von Lagerfeld ausgesucht, das sicher mehr kostete, als Amy in einem halben Jahr verdiente. Als sie dann auch noch einen Blick auf Katharinas Garderobe werfen durfte, war ihre Stimmung völlig im Eimer gewesen.

Auch die quirlige Schwester des Bräutigams würde in einem Designerkleid erscheinen. Ein hautenges, burgunderrotes Abendkleid von Prada. Amy konnte sich nur zu gut vorstellen, wie gut Katharinas weibliche Rundungen darin zur Geltung kommen würden.

Plötzlich kam sie sich mit ihrem schwarzen Hosenanzug wie Aschenputtel vor und ihr verging die Lust auf Feiern.

»Der Wagen ist da«, zwitscherte Jessica

aufgeregt und zog Amy hinter sich her, nach draußen.

Ashleys Junggesellinnenparty bediente jedes nur erdenkliche Klischee. Es gab Unmengen an Alkohol und fünf Stripper schafften es, dass selbst die seriöseste Frau in lautes Kreischen verfiel.

Amy saß in einer kleinen Nische, nuckelte an ihrem Cocktail und betrachtete die wilde Horde aus sicherer Entfernung.

Gerade stürzte sich Jessica, bewaffnet mit einem Bündel Geldscheine, auf einen der Stripper. Amy war so in ihre Beobachtungen vertieft, dass sie gar nicht merkte, wie sich jemand an ihren Tisch setzte.

Erst als sich ihr Gegenüber laut räusperte, drehte sie den Kopf und erkannte Tracy. Sie hielt eine Champagnerflöte zwischen ihren manikürten, feuerroten Fingern und ihre Wangen waren leicht gerötet.

»Halb nackte Männer mit Geld zu versorgen ist ganz schön anstrengend«, japste sie und nahm einen großen Schluck. »Weshalb bist du hier und nicht bei diesen zuckersüßen Typen?«

»War noch nie so mein Ding«, antwortete Amy lahm und sah wieder zu Jessica.

»So, du und Taylor. Was läuft eigentlich zwischen euch beiden?« Amy sah Tracy stirnrunzelnd an. Was sollte das denn jetzt?

»Zwischen uns läuft gar nichts«, antwortete sie

und klang dabei, als müsse sie sich verteidigen. Das war doch albern. Erstens war da wirklich nichts und zweitens war Tracy die Letzte, der sie Rechenschaft ablegen musste.

»Dann ist es ja gut. Ich wollte nur sichergehen, da wir es wahrscheinlich noch einmal miteinander versuchen werden. Wäre ja blöd, wenn du dir Hoffnungen machst und dann enttäuscht wirst.«

Bei Tracys Worten zuckte Amy kaum merklich zusammen.

»Das ist toll. Ich wünsche euch viel Glück«, entgegnete sie und quälte sich ein unechtes Lächeln auf die Lippen.

»Danke«, flötete Tracy sichtlich zufrieden. »So, da das nun geklärt ist, werde ich wohl mein restliches Geld unter die Männer bringen. Wer weiß, wie lange ich noch die Gelegenheit dazu habe. Möglicherweise läuten ja auch bei uns bald die Hochzeitsglocken.« Sie erhob sich, zwinkerte Amy zu und verschwand in der Menge. Finster blickte Amy ihr nach und beobachtete, wie Tracy um einen blonden Hünen herumtänzelte und ihm Scheine in seinen viel zu knappen Slip schob.

Sie nahm einen großen Schluck von ihrem mittlerweile warm gewordenen Cocktail und seufzte. Stimmte das, was Tracy gesagt hatte? Wollte Taylor es wirklich noch einmal mit ihr versuchen? Der Gedanke gefiel ihr gar nicht, doch sie konnte sich nicht erklären, warum dies so war. Natürlich, Taylor war attraktiv und unheimlich nett, aber mehr war da nicht. In jemanden wie Taylor würde Amy sich niemals verlieben, oder etwa doch?

Nein, das war Unsinn. Sie kamen aus zwei völlig verschiedenen Welten und so eine Beziehung würde nicht gut gehen.

Außerdem hatte sie gerade erst eine Beziehung hinter sich gebracht und wollte ihr Singledasein jetzt in vollen Zügen genießen. Ein neuer Mann an ihrer Seite hatte da keinen Platz.

Sie schob den Gedanken an Taylor beiseite und versuchte sich wieder auf Jessica zu konzentrieren, die gerade von einem der Stripper huckepack über die Bühne getragen wurde und mit einem Arm kreisende Bewegungen machte, als würde sie ein Lasso schwingen.

Doch so sehr Amy Taylor auch aus ihren Gedanken zu verbannen versuchte, es gelang ihr nicht. Immer wieder sah sie sein Bild vor Augen. Sein umwerfendes Lächeln und seine sagenhaften haselnussbraunen Augen.

Sie schloss die Augen und stellte sich vor, wie sich wohl seine Haut anfühlte. Einen kleinen Vorgeschmack hatte sie ja schon bekommen, als er sie aus dem Wasser gerettet hatte, doch da hatte sie sich mehr darauf konzentriert nicht ohnmächtig zu werden, als seine Nähe zu genießen.

Sie erinnerte sich noch zu gut an den Anblick, wie Taylor sich ausgezogen und nur mit einer

Badehose bekleidet, ins Wasser gesprungen war.

Er war nicht nur groß, sondern auch perfekt gebaut. Muskulös, jedoch nicht zu übertrieben. Taylors Körperbau erinnerte Amy ein wenig an eine griechische Statue.

»Willst du nicht auch etwas von deinem Geld loswerden?«, keuchte Jessica und riss Amy aus ihrer kleinen Traumwelt. Sie ließ sich neben Amy auf einen Stuhl fallen. Jessicas Gesicht glänzte leicht und ihre Wangen glühten.

»Dein Engagement reicht für uns beide«, antwortete Amy schmunzelnd und reichte ihrer Freundin ihren Cocktail. Jessica kippte das halb volle Glas in einem Zug weg.

»Und morgen heulst du mir wieder die Ohren voll, weil es dir dreckig geht«, seufzte Amy. Jessy kicherte.

»Egal, diese Typen sind es wert«, verriet sie und zog ein weiteres Bündel Scheine aus ihrer Tasche. »Was ist, kommst du mit, oder willst du hier wie ein Mauerblümchen in der Ecke sitzen bleiben und Däumchen drehen?«

Amy nickte, auch wenn sie wirklich lieber sitzen geblieben wäre. Aber vielleicht brachten sie die Stripper ja auf andere Gedanken und würden Taylor endlich aus ihrem Kopf verscheuchen. Sie nahm ein paar kleinere Scheine aus ihrer Geldbörse und folgte Jessica.

Kurz nach zwei Uhr verließen die beiden

Freundinnen die Party. Die Braut hatte sich schon kurz nach Mitternacht verabschiedet, was kein Wunder gewesen war, angesichts der bevorstehenden Hochzeit. Trotzdem waren viele Gäste geblieben und feierten, als wären Partys ab morgen gesetzlich verboten.

»Ich bin betrunken, pleite und saumüde«, stellte Jessica fest, die so sehr schwankte, dass Amy sie am Arm festhalten musste.

»Wundert mich nicht, bei dem, was du alles in dich hineingeschüttet hast.«

»Man lebt nur einmal«, kam prompt die lallende Antwort. Amy buxierte ihre Freundin auf eine der schwarzen Limousinen zu, die eigens dafür bereitstanden, die Gäste nach Hause zu chauffieren. Als der Fahrer sie erblickte, stieg er rasch aus und öffnete die hintere Tür.

»Rein mit dir, du Schnapsdrossel.« Amy gab Jessy einen leichten Stoß, die daraufhin laut kichernd auf die Rückband fiel.

»Zum Anwesen der Familie Morgan?«, erkundigte sich der Fahrer, nachdem er hinter dem Steuer Platz genommen hatte.

»Ja bitte«, antwortete Amy und schob ihre noch immer laut kichernde Freundin in eine sitzende Position.

»Wenn du kotzen musst, sag bloß rechtzeitig Bescheid«, mahnte sie Jessy. Der Fahrer warf ihr im Rückspiegel einen panischen Blick zu.

»Keine Angst, wir haben das hier schon unter

Kontrolle«, versuchte sie ihn zu beruhigen. Er nickte erleichtert. Kurz darauf gab Jessica laute Würgegeräusche von sich und dann war es auch schon zu spät.

Kapitel 13

Jessica in den ersten Stock zu bringen, war nicht so einfach, wie Amy angenommen hatte. Mittlerweile war es ihrer Freundin fast unmöglich, einen Fuß vor den anderen zu setzen.

Ganz zu schweigen von ihrer Aussprache. Ihre Sätze bestanden nur noch aus rasant abgefeuerten Salven, die selbst Amy nicht mehr verstand, was etwas heißen wollte.

Gerade, als sie die halbe Treppe geschafft hatten, meldete sich Amys Handy, indem Pink ihren Song »So What« losschmetterte.

»Das hat mir gerade noch gefehlt. Welcher Idiot ruft mich denn mitten in der Nacht an?«, fluchte Amy aufgebracht, während sie versuchte, Jessica mit einem Arm zu stützen und mit der anderen Hand ihr Handy aus der Tasche zu wühlen.

Auf dem Display wurde keine Nummer angezeigt, dafür aber die Meldung, dass bereits sieben unbeantwortete Anrufe eingegangen waren.

»Ja?«, blaffte sie ungehalten ins Telefon.

»Wo zum Teufel bist du?«

»Dylan?«

»Wer denn sonst? Ich will wissen, wo du dich herumtreibst? Ich habe mir vor deiner Tür die Beine in den Bauch gestanden.« Er klang sauer und Amy wurde es ebenfalls bei seinem Tonfall.

»Ich bin nicht in London und außerdem habe ich Schluss gemacht, du erinnerst dich? Du hast also keinen Grund mehr vor meiner Wohnung rumzulungern oder mich anzurufen.«

»Ich habe nicht Schluss gemacht. Solange ich nicht zustimme, ist es noch nicht vorbei«, entgegnete er. Amy schnaubte.

»Du kannst mich mal«, brüllte sie ins Telefon und drückte das Gespräch weg. Zur Sicherheit schaltete sie das Handy aus, denn sie hatte keine Lust auf einen weiteren Anruf von Dylan.

Sie packte Jessy wieder an den Armen und schob sie vor sich die Treppe nach oben.

»Meine Güte, die Kontinentalplatten bewegen sich schneller als du«, maulte Amy. Sie musste ihre ganze Kraft aufwenden, um Jessy nach oben zu schieben. Nach weiteren drei Minuten hatte sie es endlich geschafft und war völlig außer Atem.

Vor Amys Zimmertür blieben sie stehen.

»Schaffst du die paar Schritte bis zu deinem Bett alleine?«

Jessy sah Amy an, als hätte die sie nach Koks gefragt.

»Was?«, lallte sie mit verklärtem Blick. Amy schloss die Augen und atmete tief durch.

»Wir sind zu Hause. Du gehst jetzt in dein Zimmer und versuchst zu schlafen. Morgen früh werde ich dich aufwecken, damit wir uns für die Hochzeit fertigmachen können.« Sie betonte jede Silbe und sprach sehr langsam, damit Jessica auch verstand, was sie ihr mitzuteilen hatte. Als diese keinerlei Regung von sich gab, fragte Amy: »Kannst du mir folgen?«

Jessica zog die Brauen nach oben.

»Ich soll mit in dein Zimmer?«

Jetzt hatte Amy genug. Sie griff Jessicas Arm und zog sie mit sich.

Kurz darauf lag ihre Freundin im Bett. Amy hatte Jessica die Klamotten vom Körper geschält, sie notdürftig abgeschminkt und anschließend ins Bett befördert. Sie knipste das Licht aus, wünschte ihrer kichernden Freundin eine gute Nacht und ging.

Völlig erledigt öffnete Amy ihre eigene Zimmertür. Sie wollte nur noch in ihr kuschelig weiches Bett und schlafen.

Als sie den Lichtschalter umlegte und eintrat, fiel ihr Blick auf eine große, flache Schachtel, die auf ihrem Bett lag und mit einer goldenen Schleife verziert war.

Unsicher sah sie sich im Raum um. War sie vielleicht im falschen Zimmer gelandet?

An der Wand stand ihr Koffer und über dem Sessel lagen die Klamotten, die sie heute anprobiert hatte. Kein Zweifel, das hier war ihr Zimmer.

Langsam näherte sie sich dem Bett und der darauf befindlichen Schachtel, so als könne diese jeden Augenblick explodieren.

Wer könnte ihr ein Geschenk machen? Außer

Jessica kannte sie doch niemanden.

Als sie direkt davor stand, erkannte sie einen kleinen, cremefarbenen Umschlag, der unter die Schleife geschoben war.

Sie griff danach, öffnete ihn und zog eine Karte heraus, auf der etwas in schwungvoller Handschrift geschrieben stand:

Liebe Amy,

ich möchte mich noch einmal für mein anfängliches Benehmen dir gegenüber entschuldigen. Ich hoffe, meine kleine Aufmerksamkeit gefällt dir.
Taylor

Völlig perplex las Amy die Zeilen dreimal, ehe sie diese verstand. Das Geschenk war von Taylor?

Ihr Herz machte einen kleinen Freudensprung. Amy legte die Karte aufs Bett und machte sich eifrig daran, den Deckel zu entfernen.

Ihr erster Blick fiel auf zartes Seidenpapier, durch das etwas Bläuliches schimmerte. Als sie das Papier entfernte, keuchte sie überrascht auf.

In der Schachtel befand sich das blaue, mit Kristallen besetzte Kleid, das sie am Abend zuvor im Schaufenster bewundert hatte.

Mit zitternden Fingern umfasste sie die Spaghettiträger und zog das Kleid ganz behutsam aus der Verpackung.

Eine halbe Ewigkeit stand sie nur da, hielt das Kleid vor sich in die Höhe und starrte es ehrfürchtig an. Erst als etwas Nasses sie an der Wange kitzelte, bemerkte sie, dass es Tränen waren.

Als Amys Wecker am Samstagmorgen klingelte, fegte sie ihn fluchend vom Nachttisch. Mit geschlossenen Augen lag sie da und versuchte ihre Gedanken zu ordnen. Heute war Ashleys Hochzeit. Amy erinnerte sich an die Party am Vorabend, an Jessicas desolaten Zustand und an ... sie riss sie Augen auf. Taylors Geschenk.

Ihr Blick huschte suchend im Zimmer umher und blieb an dem zartblauen Kleid haften, das an einem Kleiderbügel am Schrank hing.

Es war also wirklich wahr und Amy hatte es nicht geträumt. Die Erinnerung daran, wie sie das Kleid in der Nacht ausgepackt und bewundert hatte, wirkte wie eine Überdosis Koffein auf ihren Körper. Sofort war Amy hellwach.

Sie hatte in der Nacht die Vorhänge nicht zugezogen und nun funkelten die kleinen Kristalle im Tageslicht, wie Diamanten.

Sie sprang aus dem Bett und eilte hinüber zum Kleiderschrank. Vorsichtig fuhren ihre Finger über den Stoff, als wolle sie sich vergewissern, dass es auch wirklich real war.

Noch in der Nacht hatte sie es zum ersten Mal

anprobiert und es hatte perfekt gepasst. So als wäre es nur für sie gemacht.

Nachdenklich knabberte sie auf ihrer Unterlippe herum und runzelte dabei die Stirn. Amy wünschte sich nichts mehr, als heute dieses Kleid zu tragen, doch konnte sie das tun? Konnte sie ein so teures Geschenk von Taylor annehmen?

Noch während sie grübelte, klopfte es verhalten an ihrer Tür. Hoffentlich handelte es sich nicht um Taylor, der sehen wollte, ob ihr sein Geschenk gefiel?

Amy warf einen raschen Blick in den Spiegel und ein Laut des Entsetzens kam aus ihrer Kehle. Ihre Haare standen wild vom Kopf ab und ihre Haut war rot und fleckig.

Mit laut klopfendem Herzen ging sie zur Tür und fragte: »Wer ist da?«

»Ich bin es«, hörte sie eine dünne, kränkliche Stimme antworten. Amy riss die Tür auf.

Draußen auf dem Gang stand Jessica und sah milde gesagt furchtbar aus.

»Hi«, krächzte Jessy und ging an Amy vorbei in deren Zimmer. Sie steuerte geradewegs auf das Bett zu und ließ sich bäuchlings darauf fallen.

»Warum hast du zugelassen, dass ich so viel getrunken habe?«, stöhnte sie anklagend ins Kissen. Amy schloss die Tür und wandte sich zu ihrer Freundin.

»Ich habe mehr als einmal versucht, dich davon abzuhalten, doch du wolltest nicht auf mich hören.«

»Fadenscheinige Ausrede«, murmelte Jessy und versuchte sich aufzusetzen. Sie presste die Finger gegen die Schläfen. »Mir ging es noch niemals in meinem Leben so schlecht wie heute«, erklärte sie mit leidendem Gesichtsausdruck. Dann fiel ihr Blick auf das Kleid und sie stutzte.

»Habe ich jetzt schon Halluzinationen oder hängt da wirklich der Fummel, den ich zu sehen glaube?«

»Du fantasierst nicht«, antwortete Amy. Jessica drehte den Kopf zu ihr und sah sie fragend an.

»Warst du heute noch mal dort und hast es doch gekauft?«

»Nein, das Kleid ist ein Geschenk von Taylor. Er wollte sich entschuldigen, dass er die ersten beiden Tage so ein Arschloch war.«

»Von Taylor?«, wiederholte Jessica ungläubig. Dann stahl sich ein vielsagendes Grinsen auf ihr Gesicht. »Oha, wenn sich da mal nicht etwas zwischen euch anbahnt«, gluckste sie.

»Quatsch, zwischen uns ist rein gar nichts. Wir verstehen uns nur gut«, versicherte ihr Amy.

»Ja ... ja ... und Kolumbus wollte nur ein bisschen Boot fahren.« Sie deutete auf das Kleid. »Da würden meine hellblauen Riemchensandalen mit den silbernen Absätzen gut dazupassen.«

»Brauchst du die denn nicht selbst?«, wollte Amy wissen. Jessy schüttelte den Kopf.

»Nein, ich ziehe die schwarzen High Heels an.«

»Wow, das wäre spitze. Ich hätte nämlich nur die schwarzen Pumps«, jubilierte Amy.

»Alles klar, ich gehe sie rasch holen«, sagte Jessica und schleppte sich zur Tür, wo sie innehielt und sich noch einmal zu Amy umdrehte. »Dafür bringst du mein Make-up und meine Haare auf Vordermann, denn dazu bin ich heute nicht imstande.«

»Geht klar«, antwortete Amy und schmunzelte, als ihre Freundin laut stöhnend im Gang verschwand.

Zwei Stunden später sah man Jessica die durchfeierte Nacht nicht mehr an. Ihr Make-up und ihre Frisur waren perfekt, dank Amy.

Sie hatte Jessicas lange schwarze Haare auf Wickler aufgedreht und anschließend mit viel Haarspray zurechtfrisiert. Nun fiel ihre Mähne in sanften Locken über ihre Schultern.

Jessica trug ein feuerrotes Kleid aus eng gewebter Spitze, das ihr bis knapp über die Knie reichte. Genau an der Taille verlief ein breiter Streifen schwarzer Spitze, der ihre zarte Haut durchscheinen ließ. Die schwarzen High Heels und die dazu passende Handtasche vervollständigten ihr Outfit. Sie sah einfach bezaubernd aus.

»Dein Kleid ist der absolute Hammer«, sagte Jessica anerkennend, als Amy sich schließlich auch umgezogen hatte. »Als wäre es für dich gemacht worden.«

Zusammen stiegen sie die Treppe nach unten.

Als sie unten im Wohnzimmer nur auf Taylor trafen, der tief versunken in eine Zeitschrift auf der Couch saß, stutzten beide.

»Sind wir etwa zu spät dran?« Jessica klang fast ein wenig panisch. Taylor sah auf. Als sein Blick auf Amy fiel, erstarrte er.

»Nicht gut?«, fragte Amy unsicher. Taylor schüttelte den Kopf.

»Ganz im Gegenteil, du siehst atemberaubend aus«, stellte er fest und stand auf.

»Vielen Dank für das tolle Kleid«, entgegnete Amy etwas verlegen.

»Und ich sehe aus wie eine Landpomeranze oder was?«, meldete sich Jessica zu Wort. Sie funkelte Taylor vorwurfsvoll an und hatte die Hände in die Hüften gestemmt. Er lachte.

»Du siehst natürlich wie immer wundervoll aus, liebe Cousine«, fügte er rasch hinzu.

»Na geht doch«, seufzte Jessica zufrieden. »Wo sind denn alle?«

»Schon zur Kirche gefahren. Mom will sichergehen, dass alles perfekt ist. Du kennst sie ja. Aber wenn ihr so weit seid, können wir auch los.«

Kapitel 14

Amy trötete so laut in ihr Taschentuch, dass einige der Kirchengäste sich umdrehten und mokiert den Kopf schüttelten.

»Entschuldigung«, murmelte sie und senkte den Blick. Sie begann immer zu heulen, wenn zwei Menschen sich das Jawort gaben. Ob sie selbst jemals vor einem Altar stehen würde? Früher hatte sie fest daran geglaubt, aber mittlerweile sah sie das nicht mehr so rosig.

Als der Pfarrer das Brautpaar zu Mann und Frau erklärte und die beiden sich küssten, schluchzte sie erneut laut auf. Jessica tupfte ihr eine Träne von der Wange.

»Wenn du so weitermachst, ruinierst du dein ganzes Make-up«, schalt sie ihre Freundin.

»Keine Angst, die Trauung ist ja jetzt vorbei«, bemerkte Amy. Sie beobachtete, wie Katharina ihrer frischgebackenen Schwägerin den Brautstrauß reichte und deren Schleppe zurechtzupfte.

Ihr Blick fiel auf Taylor, der dem Bräutigam lächelnd auf die Schulter klopfte. Plötzlich hob er den Kopf, als hätte er gespürt, dass sie ihn beobachtete, und sah ihr direkt in die Augen.

Ein wohliges Kribbeln durchfuhr Amy und sie sah schnell weg.

Sie durfte nicht zulassen, dass sie für Taylor Gefühle entwickelte. So etwas würde niemals gut gehen. Amy fühlte sich in der Welt, in der er lebte, unwohl und ihm würde es umgekehrt sicher genauso gehen.

Nachdem das Brautpaar die Kirche verlassen hatte, zwängten auch Amy und Jessy sich mit unzähligen Gästen aus der Kirche.

»Wo findet die Hochzeitsfeier eigentlich statt?«, wollte Amy wissen, der gerade auffiel, dass sie nicht den Hauch einer Ahnung hatte.

»Lass dich überraschen«, antwortete Jessy geheimnisvoll. Als Amy die Augen verdrehte, fügte sie hinzu: »Tante Heather mag menschlich eine echt dumme Nuss sein, aber was das Ausrichten von Festen angeht, da macht ihr niemand was vor.«

Nachdem fast alle Gäste in die schwarzen Limousinen gestiegen waren, welche die Hochzeitsgesellschaft direkt zur anschließenden Feier chauffieren sollten, zwängten auch Amy und Jessy sich in einen Wagen. Zusammen mit einem älteren Ehepaar, die beide seltsam nach Mottenkugeln rochen.

Gespannt sah Amy aus dem Fenster, während der Wagen sanft über die Landstraße rollte.

Täuschte sie sich, oder fuhren sie in Richtung Küste? Ihre Vermutung bestätigte sich, als sie in weiter Ferne die Klippen erkannte. Direkt davor waren zwei riesige, weiße Zelte aufgebaut, die mit bunten Blumenranken verziert waren.

»Das sieht ja toll aus«, flüsterte Jessy. Amy konnte ihr nur zustimmen. Es sah wirklich wundervoll aus.

Der Wagen stoppte und der Fahrer öffnete ihnen die Tür.

Amy fielen sofort die vereinzelt postierten Männer auf, die schwarze Anzüge und Sonnenbrillen trugen. Hin und wieder konnte sie beobachten, wie einer von ihnen etwas in ein Mikrofon am Handgelenk bellte.

»Wer sind diese Typen?«, erkundigte sie sich bei Jessica. Die folgte ihrem Blick.

»Security, die dafür sorgen, dass keine ungeladenen Gäste oder die Presse den Gästen zu nahe kommt.«

Wieder einmal wurde Amy bewusst, dass die Menschen hier alle im Geld badeten. Doch sie hätte mit niemandem tauschen wollen. Für sie war es unvorstellbar, dass auf ihrer Hochzeit Bodyguards umherschwirren könnten. Sie spürte keinerlei Neid, aber ihr taten die Leute leid, die keinen Schritt machen konnten, ohne dass die Presse ihnen auflauerte.

Als die beiden Freundinnen schließlich ins Innere des Zeltes traten, stockte beiden der Atem.

»Das ist ja unglaublich«, entfuhr es Amy, die mit großen Augen die Dekoration im Festzelt betrachtete. In gleichmäßigen Abständen waren runde Tische aufgestellt, an denen jeweils acht Personen Platz hatten. Die weißen Tischdecken waren seitlich gerafft und mit fliederfarbenen Schleifen verziert. Genauso, wie die Rückenlehnen der dazu passenden Stühle. Auf jedem Tisch lag ein Blumenbouquet, das ebenfalls in Flieder und Pink gehalten war. Ebenso, wie die Servietten, die man in der Form von Rosen gefaltet hatte. Neben den Tellern funkelte edel verziertes Silberbesteck.

Das Schönste jedoch waren die Kronleuchter. Über jedem Tisch hing ein solcher, bestehend aus unzähligen facettenreich geschliffenen Kristallen, die im Schein der zarten Glühbirnen funkelten.

Amy hätte niemals gedacht, dass man ein Zelt in einen derartigen Prunksaal verwandeln konnte.

»Mir fehlen die Worte«, sagte Jessica mit großen Augen.

»Ob es im zweiten Zelt genauso aussieht?«, wollte Amy wissen, die den Blick nicht von den glitzernden Kronleuchtern abwenden konnte.

»Das zweite Zelt ist ausschließlich zum Tanzen aufgestellt worden«, beantwortete eine tiefe Stimme hinter den beiden, die Frage. Sie drehte sich um und sah direkt in Taylors wundervolle Augen.

»Wo sind denn alle Gäste? Die meisten sind vor uns aufgebrochen und müssten längst hier sein«, erkundigte sich Jessica.

Amy musste ihr Recht geben. Das Zelt war fast leer und nur vereinzelnd hatten einige Personen bereits Platz genommen. Wo waren alle?

»Viele sind zu den Klippen gegangen, um die Aussicht zu genießen, bevor die Feierlichkeiten beginnen«, erklärte Taylor.

»Das ist eine tolle Idee«, flötete Jessy und sah Amy erwartungsvoll an. »Wollen wir uns das auch mal ansehen?«

»Klar, warum nicht.«

»Darf ich euch begleiten?«, wollte Taylor wissen und sah dabei nur Amy an.

»Sicher doch«, zwitscherte Jessy und hakte sich bei ihrem Cousin unter.

Wie Taylor vermutet hatte, stand ein großer Teil der Hochzeitsgäste an den Klippen und bewunderte den einzigartigen Blick. Einige trauten sich bis fast ganz zum Rand, andere hielten respektvoll ein paar Meter Abstand.

Amy gehörte eher zu denen, die sich nicht ganz so weit nach vorn trauten, denn sie hatte Höhenangst. Doch als Taylor ihr seine Hand anbot und ihr zulächelte, warf sie alle Bedenken über Bord und folgte ihm, bis sie nur noch einen Meter vom Abgrund entfernt waren. Jessica folgte ihnen nicht.

»Ist dieser Ausblick nicht einmalig?« Zufrieden sah er hinaus aufs Meer.

»Atemberaubend schön«, stimmte Amy ihm zu und beobachtete, wie das Wasser unter ihnen auf die Felsen schlug und sich weiße Gischt bildete.

»Das habe ich vermisst, als ich in Rom war«,

erzählte er. »Italien hat zwar durchaus auch seine Reize, aber es kann diese Landschaft nicht ersetzen. Außerdem gibt es hier etwas, das einmalig zu sein scheint.«

Taylor sah Amy eindringlich an. Er hielt noch immer ihre Hand fest umschlossen und streichelte nun sanft mit dem Daumen über ihre Haut.

Ein wohliger Schauer fuhr Amy über den Körper, als sie seine zärtliche Berührung wahrnahm.

»Außerdem gibt es hier etwas, das einmalig zu sein scheint.« Der Satz ließ sie nicht los. Hatte er etwa sie damit gemeint?

Ihre Gedanken spielten verrückt. Was sollte sie von alldem hier halten? Zugegeben, sie fühlte sich in gewisser Weise zu Taylor hingezogen, aber ging es ihm auch so oder interpretierte sie zu viel Bedeutung in seine Worte?

Sie schloss die Augen und seufzte. Wahrscheinlich war es keine gute Idee gewesen, Jessica zu begleiten. Sie hatte schon genug Probleme am Hals und wollte sich nicht auch noch falsche Hoffnungen machen.

»Geht bitte nicht so nah an den Abgrund, wenn ihr nicht wollt, dass ich einen Herzinfarkt bekomme«, schrie Jessica plötzlich von weiter hinten und unterbrach somit Amys wirre Gedankengänge. »Wieso traust du dich überhaupt so weit nach vorne? Was ist denn mit deiner Höhenangst?«

Jessy klang fast ein wenig vorwurfsvoll. Ihre Phobie war noch ausgeprägter als die von Amy. Alles, was höher als zwei Meter war, verursachte bei Jessica Panikattacken.

»Komme ja schon«, lenkte Amy ein, warf Taylor einen entschuldigenden Blick zu und schlenderte zu ihrer Freundin.

»Hat eben die Erde gewackelt?«, fragte Jessica und riss entsetzt die Augen auf.

»Nein, hat sie nicht. Du solltest wirklich mal was gegen diese Angst unternehmen. Es gibt gute Therapien«, schlug Amy vor, nahm Jessicas eiskalte Hand und zog sie mit sich, zurück zu den Zelten.

»Therapien sind was für Verrückte und das bin ich nicht«, maulte Jessica.

»Viel fehlt aber nicht mehr«, kicherte Amy und bekam umgehend Jessicas Ellbogen in die Seite gerammt.

Nach und nach füllte sich das Zelt und innerhalb weniger Minuten waren alle Tische besetzt. Zu Amys Entsetzen gab es eine strenge Sitzordnung, was bedeutete, dass sie und Jessica an unterschiedlichen Tischen saßen. Ihre Laune sank schlagartig in den Keller.

Auch Taylor befand sich nicht in ihrer Nähe. Er saß beim Brautpaar, an einem lang gezogenen Tisch, der auf einem kleinen Podest aufgebaut war, damit alle Gäste die frisch Vermählten immer im

Blick hatten. Neben Taylor saß Tracy und redete unermüdlich auf ihn ein. Amy fragte sich, warum man seine Exfreundin dort platziert hatte, schließlich waren die beiden nicht mehr zusammen. Oder etwa doch?

Sie erinnerte sich an Tracys Worte auf der Junggesellinnenparty. Sie hatte behauptet, dass sie und Taylor es wahrscheinlich noch einmal miteinander versuchen wollten. Amy hatte geglaubt, dass Tracy sich nur wichtig machen wollte, doch nun kam sie ins Grübeln. Man hatte die beiden sicher nicht ohne Grund nebeneinandergesetzt.

Dann erkannte sie Katharina, die neben ihrem Bruder James saß. Als sich ihre Blicke trafen, winkte ihr die sympathische brünette Schwester des Bräutigams zu.

Amy schenkte ihr ein aufrichtiges Lächeln.

Schließlich besah sie sich die Gäste an ihrem Tisch, der mittlerweile, bis auf den Platz neben ihr, vollständig besetzt war.

Dort saßen fast nur uralte Senioren, die sie nicht kannte. Eine sehr alt wirkende Dame, mit violetten Haaren schien leicht schwerhörig zu sein, denn ihr Tischnachbar schrie ihr derart laut ins Ohr, dass Amy zusammenzuckte.

»Wir reden gerade über dieses neumodische Internet«, brüllte er.

»Welches Internat?«, fragte sie mit großen Augen.

»Das Internet. Facebook«, schrie er jetzt noch lauter.

Die alte Dame schüttelte den Kopf.

»Meine Augen sind so schlecht, ich kann keine Bücher mehr lesen.« Der Mann verdrehte die Augen und gab es auf.

Plötzlich gesellte sich ein bekanntes Gesicht zu Amy und nahm auf dem Stuhl neben ihr Platz.

»Cole!«, sagte sie sichtlich erfreut und erleichtert, dass doch noch jemand an ihrem Tisch saß, den sie kannte.

»Ich hoffe, du hast nichts dagegen, wenn ich mich setze?«, erkundigte er sich unsicher und hielt in der Bewegung inne. Amy warf einen Blick auf die Tischkarte vor ihm. Dort stand tatsächlich sein Name. Cole Kelton.

»Nein, natürlich nicht«, antwortete sie und schenkte ihm ein aufmunterndes Lächeln. Sie hatte ihm längst den Vorfall am See verziehen. Erleichtert setzte er sich und warf dann einen Blick auf seine Tischnachbarn. Er runzelte die Stirn und beugte sich verschwörerisch zu Amy.

»Ich glaube, Mrs Morgan hasst uns beide«, flüsterte er ihr zu. Als sie ihn fragend ansah, fügte er hinzu: »Weshalb sonst, sollte sie uns zu diesen Gruftis setzen?« Amy lachte.

»Mich kann sie auf jeden Fall nicht besonders gut leiden«, sagte sie schließlich.

»Was meinst du?«

»Naja, sagen wir mal so. Zwischen uns war es

alles andere als Sympathie auf den ersten Blick und daran wird sich wohl auch in Zukunft nichts ändern. Ist aber auch nicht weiter schlimm, denn morgen fahre ich wieder nach Hause und werde diese Frau wahrscheinlich niemals wiedersehen.«

»Ja, sie ist schon ein ganz spezieller Typ. Ich frage mich immer wieder, wie James mit so einer Schwiegermutter zurechtkommt.«

»Kennst du sie schon lange?«, erkundigte sich Amy und nahm einen Schluck Wasser.

»Zum Glück nicht«, gluckste er. »Sie kann wohl nicht so recht verstehen, dass James mit jemandem, wie mir befreundet ist, und lässt mich das bei jeder Gelegenheit spüren.«

Amy sah ihn verwundert an. Weshalb sollte Heather Morgan etwas gegen Cole haben?

»Das verstehe ich nicht. Dass sie mich nicht mag, kann ich ja noch nachvollziehen, denn ich bin weder reich, noch berühmt, aber du bist doch einer von ihnen.«

»Einer von ihnen?«, echote er belustigt. Amy machte eine ausschweifende Geste.

»Naja, alle hier sind irgendwie wichtig und zum größten Teil stinkreich.«

»Und du glaubst, ich wäre das auch?«, wollte er mit hochgezogenen Brauen von ihr wissen.

»Etwa nicht?«

»Nein, ganz sicher nicht. Meine Eltern waren beide bei James Eltern angestellt. Mom war das Kindermädchen und Dad arbeitete dort als

Gärtner. Sie lebten sogar in dem Anwesen der Bensons, wo man ihnen eine kleine Wohnung zur Verfügung gestellt hatte. Da James und die einzigen Kinder waren, blieb es nicht aus, dass wir Freunde wurden. Die Bensons gestatten sogar, dass ich am Privatunterricht teilnahm, weil sie der Ansicht waren, dass dies auch James guttun würde. Wir wuchsen also gemeinsam auf. Später gingen wir auf das gleiche College, und als James eine Tochterfirma seines Vaters übernahm, bot er mir einen Job an. Seither arbeite ich bei ihm.«

»Na gut, dann hast du dich eben selbstständig hochgearbeitet. Fakt aber ist, dass du jetzt zu ihnen gehörst«, entgegnete Amy.

»Ganz und gar nicht«, widersprach Cole. »Ich verdiene zwar sehr gut, aber ich führe ein ganz anderes Leben als diese reichen Schnösel hier. Ich kann mit dem Schickimicki-Leben nichts anfangen. Außerdem spiele ich kein Golf und dieser Sport ist eine Grundvoraussetzung, um dazuzugehören. Mir ist schleierhaft, wie man stundenlang einem kleinen weißen Ball hinterherrennen kann und das kilometerweit.«

Amy grinste, als er dabei den Kopf schüttelte. Sie hatte Cole völlig falsch eingeschätzt, wie sie jetzt zugeben musste.

Während des Essens unterhielten sie sich angeregt. Cole war der perfekte Tischnachbar. Er war witzig und nicht auf den Mund gefallen. Mehr als nur einmal schossen Amy die Lachtränen in die

Augen, als er eine seiner Kindheitsanekdoten zum Besten gab.

Mittlerweile ernteten beide vorwurfsvolle Blicke der anderen Gäste, doch das war ihnen egal. Dann wurde der Nachtisch serviert und die Reden begannen. Etwas, auf das Amy gerne verzichtet hätte.

Während sie nur mit einem Ohr den schwülstigen Glückwünschen verschiedener Gäste lauschte, sah sie immer wieder zu Taylor. Er sah fantastisch aus in seinem schwarzen Smoking. Amys Blick fiel auf Tracy, die ihre Hand auf seine Schulter gelegt hatte und ihm zärtlich darüberstrich.

Ihr gelbes Kleid bildete einen wundervollen Kontrast zu ihren feuerroten Haaren, die sie zu einer eleganten Hochsteckfrisur frisiert hatte.

Die beiden gaben optisch wirklich ein perfektes Paar ab, wie sie sich schmerzhaft eingestehen musste.

Die Haut an ihrer Hand kribbelte angenehm bei der Erinnerung an seine Berührung, so als hätte er gerade eben erst seine Finger von ihrer Hand gelöst. Mittlerweile war sich Amy jedoch nicht mehr sicher, ob er es getan hatte, weil er etwas für sie empfand, oder nur, weil er sie angesichts der hohen Klippen beruhigen wollte.

Kapitel 15

»Dem Himmel sei Dank. Ich dachte schon, die hören nie wieder auf«, seufzte Cole und applaudierte, nachdem der letzte Redner seine Glückwünsche über das Mikrofon losgeworden war.

Er lockerte seine Krawatte und öffnete den obersten Hemdknopf. »Diese Hitze ist unerträglich.«

Amy, die sich seit geraumer Zeit mit einer der Menükarten Luft zufächelte, nickte zustimmend. Obwohl man an jeder Seite des Zeltes eine große, mobile Klimaanlage angebracht hatte, war die Wärme kaum zu ertragen. Für den Abend wurde Regen gemeldet und schon jetzt war die Luft schwül und schwer.

Nun, nachdem das Pflichtprogramm absolviert war, strömte die Gesellschaft in das zweite Zelt, wo man schon die Akustiktests der Liveband hören konnte, die heute Abend spielte.

Ein Blick zum Zeltausgang verriet Amy, dass die Sonne bald untergehen würde.

»Möchtest du auch ins andere Zelt, oder wollen wir vorher unsere Wünsche in den Himmel schicken?«, erkundigte sich Cole.

»Wünsche in den Himmel schicken?«, wiederholte sie verwirrt.

»Die chinesischen Laternen am Strand«, antwortete er. Amy schüttelte den Kopf.

»Ich habe keine Ahnung, was du mir damit sagen willst«, gestand sie.

»Dort wo die Klippen immer flacher werden, befindet sich ein wunderschöner Strand. Man hat eine kleine Bar aufgebaut und die Gäste können chinesische Laternen in die Luft steigen lassen, mit denen sie dem Brautpaar Glück wünschen.«

Jetzt verstand Amy endlich, was er meinte. Sie hatte schon öfter Berichte über diese Art von Laternen gesehen, aber nie eine zu Gesicht bekommen. Soviel sie wusste, funktionierten diese nach dem Prinzip eines Heißluftballons. Eine unten geöffnete Reispapiertüte, die mit hauchdünnen Drähten zu einem hohen Zylinder aufgespannt war, wurde mithilfe eines mit Wachs überzogenes Stück Stoffs in den Himmel geschickt. Das entzündete Wachs ließ diese Art von Ballons bis zu 400 Meter in den Himmel steigen.

Es war sicher ein Spektakel, mehrere dieser Laternen in den Nachthimmel aufsteigen zu sehen. Amy nickte zustimmend.

»Ich bin dabei«, sagte sie lächelnd. Cole erwiderte ihr Lächeln und erst jetzt fielen ihr die tiefen Grübchen in seinen Wangen auf, die sich dabei bildeten.

Amy musste zugeben, dass auch Cole sehr gut aussah. Völlig anders als Taylor, aber nicht weniger attraktiv. Seine goldblonden Haare trug er heute offen und sie fielen ihm fast bis auf die Schultern.

Der Tag am See hatte ihm eine dezente Bräune verliehen, die seine aquamarinblauen Augen noch kräftiger leuchten ließen. Seine hohen Wangenknochen und das kantige Kinn gaben ihm ein sehr maskulines Aussehen.

»Wir sollten aber noch etwas warten, bis es dunkler ist«, stellte er fest, während sie ihn eingehend musterte. »Hast du Lust das Tanzbein zu schwingen?«

»Das Tanzbein schwingen?« Amy lachte. »Ich glaube, wir waren zu lange am Tisch mit diesen alten Leuten, denn du hörst dich mittlerweile genau wie sie an.«

Er grinste und knuffte sie leicht in die Schulter.

»Möchtest du tanzen?«, formulierte er seine Frage neu.

Amys Lächeln verblasste und sie sah erschrocken auf. Sie tanzte wirklich gerne, wenn man planloses Rumzappeln so nennen konnte. Wenn es jedoch um Standardtänze ging, war sie eine absolute Niete. Sie brachte gerade einmal einen Foxtrott zustande, das war es aber auch schon.

Cole schien ihre Gedanken zu lesen und grinste.

»Die Band muss wirklich gut sein, wie ich gehört habe. Die spielen fast ausschließlich poppige Songs«, beruhigte er sie. Amy nickte unsicher. Vielleicht würde es ja doch noch ein lustiger

Abend werden.

Gerade als sie aufstehen und sich auf den Weg ins Tanzzelt nebenan machen wollten, kam einer der Securitymänner auf Amy zugeeilt.

Er bellte Befehle in sein Mikrofon und hatte den Blick starr auf sie gerichtet, während er immer näherkam.

»Ms Garner?« Der große, muskulöse Mann blieb direkt vor ihr stehen und sah fragend auf sie herab.

»Ja?«, krächzte Amy eingeschüchtert und fragte sich, was er von ihr wollte.

»Ein gewisser Mr Silver hat sich Zutritt auf das Gelände verschafft und besteht darauf, sie zu sprechen. Er sagt, er wäre ihr Lebensgefährte und es sei dringend.«

Amys Herz setzte für einen Schlag aus. Dylan war hier? Aber wie war das möglich? Woher wusste er, wo er sie finden konnte? Amy hatte ihm nicht gesagt, dass sie verreisen würde und außer Jessica wusste niemand, wo sie war. Nicht einmal ihrem Chef hatte sie verraten, wohin sie fahren würde.

Als sie nicht sofort antwortete, fuhr der Sicherheitsmann fort: »Möchten sie mit ihm sprechen, oder sollen wir ihn vom Gelände entfernen?«

Während sie angestrengt überlegte, was sie jetzt tun sollte, bemerkte sie, wie Cole sie neugierig von der Seite musterte.

»Ms Garner?« Der Securitymitarbeiter schien angesichts ihres Schweigens unruhig zu werden.

»Ja, ich ... also ... ich werde mit ihm reden«, antwortete sie schließlich. Der Mann nickte zufrieden.

»Wenn Sie mir bitte folgen wollen.«

»Ich bin gleich wieder zurück«, sagte sie an Cole gewandt, auf dessen Stirn sich eine tiefe Falte gebildet hatte. Dann folgte sie dem Mann nach draußen. Einige Gäste sahen ihr neugierig nach und manche von ihnen tuschelten geheimnisvoll miteinander.

Doch Amy ignorierte sie und konzentrierte sich ganz auf die Wut in ihr, die mit jedem Schritt nach draußen ein klein wenig zunahm. Woher hatte Dylan gewusst, wo er sie finden konnte und was bildete sich dieser Typ eigentlich ein? Einfach hier aufzutauchen und zu behaupten, sie seien noch zusammen.

Sie umrundeten das Zelt, wo zwei weitere Security Mitarbeiter auf sie warteten. Dylan stand zwischen ihnen und warf Amy einen finsteren Blick zu, als sie sich näherte. Er trug eine Jeans, Bikerstiefel und eine abgenutzte Lederjacke, was darauf schließen ließ, dass er mit seinem Motorrad hierher gefahren war.

Als die beiden noch ein Meter trennte, blieb Amy stehen, verschränkte die Arme vor der Brust und funkelte ihren Exfreund wütend an.

»Was bildest du dir eigentlich ein, hier einfach

aufzutauchen und mich zu belästigen?«, zischte sie aufgebracht.

»Das Gleiche könnte ich dich fragen. Wieso verschwindest du einfach, ohne etwas zu sagen und was soll das alles hier?« Dylan deutete mit einer ausladenden Handbewegung auf die Festzelte. »Und was soll dieser Fummel? Wie kannst du dir so ein Kleid überhaupt leisten? Hast du etwa einen neuen Lover, der dir all das bezahlt?«

Bei seinen Worten lief Amy rot an. Halb aus Verlegenheit den Wachmännern gegenüber, halb aus Zorn.

»Es geht dich überhaupt nichts mehr an, wo ich mich aufhalte oder mit wem ich abhänge. Ich habe Schluss gemacht, aber du scheinst das nicht in deinen Schädel zu bekommen. Wie hast du mich überhaupt gefunden?«

»Über dein Handy«, erklärte er kühl. Erst wusste sie nicht, was er meinte, doch dann dämmerte es ihr. Als sie den Mobilfunkvertrag abgeschlossen hatte, bot man ihr die Zusatzoption, das Handy bei Verlust orten zu können, an. Da Amy ihr Telefon schon öfter verloren hatte, buchte sie diesen Service. Sie erhielt ein Passwort, mit dem sie sich online einloggen und sich jederzeit den Standort ihres Handys anzeigen lassen konnte. Daran hatte sie gar nicht mehr gedacht und auch an die Login-Daten konnte sich Amy nicht mehr erinnern. Ganz im Gegensatz zu Dylan, wie es schien.

Amy hatte zwar in der Nacht, in der Dylan sie angerufen hatte, ihr Telefon ausgeschaltet, doch heute Morgen hatte sie es aus reiner Gewohnheit wieder eingeschaltet.

So hatte er sie also gefunden.

»Ich will, dass du verschwindest und mich in Ruhe lässt«, fauchte sie ihn an. Er warf den Kopf in den Nacken und lachte laut auf. Fast wirkte es, als habe er den Verstand verloren. Als er sich wieder gefangen hatte, sah er sie ernst an.

»Das kannst du vergessen. Du wirst dich nicht einfach von mir trennen«, erklärte er ganz ruhig. Sprachlos starrte sie Dylan an. Hier zu stehen und mit ihm zu reden war doch einfach lächerlich. Sie waren nicht mehr zusammen und Amy war ihm keinerlei Rechenschaft schuldig.

»Mach, was du willst, aber ich werde jetzt wieder zurückgehen und feiern«, teilte sie ihm kühl mit.

»Das wirst du nicht tun«, bellte er sie an. »Du kommst jetzt auf der Stelle mit mir zurück nach London.« Er machte einen großen Schritt auf sie zu. Es ging zu schnell, als dass Amy hätte reagieren können. Sie keuchte laut auf, als er sie zu packen versuchte, doch da waren schon die beiden Security Mitarbeiter bei ihm und rissen Dylan von Amy los.

Dylans Hand schoss nach vorn, um nach Amy zu greifen, doch sie wich zurück. Er bekam jedoch einen ihrer Träger zu greifen und riss ihn auf der

Vorderseite ihres Kleides heraus.

»Sollen wir die Polizei rufen?«, fragte einer der Männer. Sie schüttelte den Kopf. Das Ganze hier hatte schon mehr Aufsehen erregt, als es ihr lieb war.

»Er soll einfach gehen«, sagte sie leise. Der Wachmann nickte und gab seinem Kollegen ein Zeichen. Der hatte Dylan mittlerweile im Schwitzkasten und zog diesen nun unsanft mit sich.

»Alles in Ordnung?« Cole war fast lautlos hinter Amy erschienen und sah den Männern nach. Seine Stimme klang besorgt. Wie viel er wohl von dem ganzen Spektakel mitbekommen hatte?

»Ja, mir geht es gut«, log Amy.

»Möchtest du reden?«

Sie schenkte ihm ein dankbares Lächeln, schüttelte aber den Kopf.

»Nicht heute. Jetzt will ich mich ablenken und feiern«, beschloss sie. Sie zog eine kleine Sicherheitsnadel aus ihrer Tasche und reparierte den Träger ihres Kleides notdürftig. Wie gut, dass es diese kleinen Helfer gab, die Amy immer bei sich trug. Zu oft schon hatte sich ihre Kleidung in den ungünstigsten Augenblicken in ihre Einzelteile aufgelöst, oder war gerissen. Zufrieden lächelnd griff sie Coles Hand und zog ihn mit sich ins Tanzzelt.

Kapitel 16

Amy versuchte alles, um nicht mehr an Dylans peinlichen Auftritt zu denken, doch das war fast unmöglich. Sie kannte ihn mittlerweile gut genug, um zu wissen, dass er nicht so einfach aufgeben würde. Außerdem hatte sie das Ganze so aufgewühlt, dass sie sich nur schwer beruhigen konnte. Sie konzentrierte sich auf Cole und verdrängte jeden Gedanken an ihren Ex aus ihrem Kopf.

Immer wieder flackerte ihr Blick hinüber zu Taylor und Tracy, die schon seit geraumer Zeit über die Tanzfläche schwebten. Anscheinend hegte er doch keine Gefühle für Amy, denn er würdigte sie keines Blickes und hatte nur Augen für dieses dumme Stück.

»Wäre ja eh nicht gut gegangen«, murmelte sie leise.

»Was hast du gesagt?«, erkundigte Cole sich.

»Ich habe nur laut gedacht.«

Cole war keineswegs entgangen, dass Amy mit ihren Gedanken ganz woanders war, während sie miteinander tanzten. Er dirigierte sie sanft zum Rand der Tanzfläche, wo er schließlich seinen Finger unter ihr Kinn legte und sie zwang, ihn anzusehen.

»Ich weiß nicht, was in deinem hübschen Kopf

vor sich geht, aber es gefällt mir nicht, dich so betrübt zu sehen. Was hältst du davon, wenn wir ein wenig frische Luft schnappen? Wir könnten zum Strand gehen und die Laternen steigen lassen«, schlug er vor.

»Eine super Idee«, stimmte Amy erleichtert zu. Sie wollte endlich dem Trubel entkommen und außerdem konnte sie den Anblick von Tracy und Taylor nicht mehr ertragen.

»Na, dann los«, entgegnete er, nahm ihre Hand und zog sie mit sich nach draußen. Aus dem Augenwinkel konnte Amy erkennen, dass Taylor den Kopf gehoben hatte und ihnen nachsah.

Direkt im Eingang stand Taylors Mutter und beobachtete zufrieden den reibungslosen Ablauf der von ihr organisierten Feier.

»Tolle Party«, rief Cole ihr zu. Heather Morgan zuckte kurz zusammen, doch als sie Cole und Amy sah, die Hand in Hand aus dem Zelt spazierten, lächelte sie.

»Vielen Dank«, antwortete sie und musterte die beiden ausgiebig. »Es ist immer wieder schön zu sehen, dass auf einer Hochzeit auch andere Paare zueinanderfinden«, erklärte sie.

Bevor Amy klarstellen konnte, dass Cole und sie kein Paar waren, ergriff Mrs Morgan erneut das Wort. Dabei sah sie zu Taylor und Tracy und ein fast glücklicher Ausdruck legte sich auf ihre Züge.

»So wie es scheint, haben Tracy und Taylor wieder zueinandergefunden.« Ihr Blick huschte zu

Amy und es lag etwas wie Bedauern darin. »Es geht nie gut, wenn man sich in jemanden verliebt, der nicht aus der gleichen Gesellschaftsschicht stammt.«

Bei ihren Worten lief Amy rot an. Es war offensichtlich, dass Heather Morgan mit dieser Äußerung auf Amy und Taylor anspielte, obwohl zwischen den beiden gar nichts gewesen war. Langsam aber sicher hatte Amy die Nase gestrichen voll. In Heathers Nähe kam sie sich vor, als stamme sie aus der tiefsten Gosse und müsste für jeden Krümel Brot dankbar sein, den diese Frau ihr zuwarf. Damit war jetzt ein für alle Mal Schluss.

Amy holte tief Luft, um der neureichen Kuh eine passende Antwort entgegenzuschleudern, da zog Cole sie unsanft mit sich.

»Einen schönen Abend noch«, rief er Heather zu, die daraufhin huldvoll nickte und sich wieder dem Geschehen im Zelt widmete.

»Hey, was soll denn das?«, blaffte Amy Cole an und entriss ihm ihre Hand.

»Ich wollte dich nur vor Ärger bewahren. Sich mit Mrs Morgan anzulegen, ist weiß Gott kein kluger Schachzug.« Amy stemmte die Hände in die Hüften und funkelte Cole herausfordernd an.

»Genau durch dieses Verhalten werden solche Leute immer dreister. Sie denken, sie stehen über den anderen und können sich alles erlauben, weil ihnen niemand die Stirn bietet oder ihnen mal gehörig die Meinung sagt. Dabei nehmen sie auf niemanden Rücksicht und verletzen Gefühle, weil ihre eigenen schon so abgestumpft sind.« Cole hob ergeben die Hände.

»Im Grunde genommen hast du ja recht, aber heute ist die Hochzeit von Ashley und James. Es sollte der schönste Tag in ihrem Leben sein und wir dürfen nichts tun, was das zunichtemachen könnte. Verstehst du, was ich meine?« Amy brummte etwas Unverständliches, nickte aber zustimmend.

»Im normalen Leben habe ich zum Glück nichts mit solchen Menschen wie Mrs Morgan zu schaffen, wofür ich wirklich dankbar bin, aber hier ist sie immer präsent und es ist unmöglich, ihr aus dem Weg zu gehen. Am liebsten würde ich ihr meine Hände um den faltigen Truthahnhals legen und ganz langsam zudrücken«, gestand sie, noch immer wütend. Cole lachte bei Amys Worten und legte ihr freundschaftlich den Arm um die Schultern.

»Ich kann dir versichern, dass du nicht die Einzige bist, der diese Fantasie im Kopf herumspukt«, gluckste er.

Je weiter sie sich vom Zelt entfernten, desto dunkler wurde es. Zwar war der Weg hinunter zum Strand mit vereinzelt aufgestellten Fackeln beleuchtet, doch es waren zu wenige, um wirklich viel Licht zu spenden.

Auch die Musik wurde mit jedem Schritt, den sie sich entfernten, leiser, bis nur noch ein dumpfer Bass zu hören war.

Amy genoss die Ruhe und war froh, dem Trubel eine Zeit lang zu entkommen.

»Du fährst morgen zurück nach London?«, erkundigte sich Cole. Sie sah ihn an und nickte. Als sie begriff, dass es viel zu dunkel war, als dass er die Kopfbewegung hätte sehen können, sagte sie:

»Ja, das ist richtig. Ich kann es gar nicht erwarten, endlich wieder in meine eigene kleine Welt zurückzukehren«

»Vielleicht hast du ja mal Lust, mit mir Essen zu gehen?«, fuhr er fort und blieb direkt neben einer der Fackeln stehen, um in ihren Zügen zu lesen. Amy lächelte.

»Klar, warum nicht. Dann können wir über die Leute hier ablästern«, gluckste sie. Für einen kurzen Augenblick hatte sie die Befürchtung, Cole würde versuchen, sie zu küssen, doch er tat es zum Glück nicht. Amy atmete erleichtert auf.

Cole war gut aussehend und sehr sympathisch, aber er war einfach nicht ihr Typ. Sie hegte jedoch die Hoffnung, dass es ihm ähnlich ging und sie beide einfach gute Freunde werden könnten.

Er nickte lächelnd, als habe er ihre Gedanken gelesen und sie setzten ihren Weg fort.

Schon von Weitem hörte sie das Rauschen des Meeres. Als sie an den Klippen ankamen, waren die Fackeln, die den Weg beleuchteten, wesentlich dichter aneinandergereiht, als zuvor. Offenbar wollte man sichergehen, dass hier alles perfekt beleuchtet war und niemand aus Versehen in den Abgrund stürzte.

»Wie tief geht es hier nach unten?«, erkundigte sich Amy und reckte den Hals, um über die Klippen sehen zu können. Es war jedoch viel zu dunkel, um irgendetwas zu erkennen. Sie sah lediglich weiße Gischt unter sich, die sich auf den wogenden Wellen vor und zurückbewegte.

»Keine Ahnung«, antwortete Cole, der sich ein ganzes Stück näher an den Abgrund wagte, als Amy. »Vielleicht zehn Meter oder mehr«, schätzte er.

Amy sah sich suchend um.

»Und wo sind jetzt diese Laternen?«, wollte sie wissen. Genau in diesem Augenblick sah sie in einiger Entfernung einen leuchtenden, weißen Ballon in die Lüfte steigen.

Cole trat neben sie.

»Wir müssen einfach den Lichtern folgen. Die Klippen werden ab hier immer niedriger, bis sie schließlich ganz verschwinden. Da hinten.« Er deutete auf einen Punkt in weiter Ferne. »Dort liegt ein kleiner Strand, wo wir unsere chinesische Laterne steigen lassen können.«

»Ganz schön weit von den Zelten entfernt«, stellte

Amy fest, hob einen Fuß und rieb sich eine

schmerzende Stelle.

»Ja, aber es lohnt sich«, erklärte Cole und nickte ihr aufmunternd zu. Seufzend setzte sich Amy wieder in Bewegung.

Sie mussten weitere fünfzehn Minuten gehen, bis sie endlich den kleinen Strand erreicht hatten. Wie Cole ihr erklärt hatte, waren die Klippen mit jedem Meter niedriger geworden. Dass bedeutete aber auch, dass sie bergab gehen mussten, was wiederum eine unsägliche Qual für Amy war. Jessicas Schuhe sahen zwar fantastisch aus, aber sie waren sicher nicht für eine solche Wanderung gemacht. Als sich eine weitere Blase ankündigte, hatte sie die Nase voll. Entnervt zog sie die Schuhe aus und schlenderte barfüßig über den weichen, bereits kalten Sand. Jessicas silberne Edelsandalen baumelten an den Riemen in ihrer Hand.

»Amy! Cole! Wie schön, dass ihr auch gekommen seid, um eure Wünsche in den Himmel steigen zu lassen«, rief eine vertraute Stimme. Amy sah auf und erkannte Katharina, die auf sie zugestürmt kam. Ein Stück hinter ihr war eine kleine Bar aufgebaut, an der eine junge Frau stand, die sie freundlich anlächelte.

»Hi Katharina. Wusste gar nicht, dass du auch hier bist«, antwortete Amy.

»Ich musste einfach mal raus. Dieser Trubel ist nichts für mich«, erklärte sie. »Jetzt können wir unsere Laternen gemeinsam steigen lassen. Es sieht sowieso schöner aus, wenn es mehrere sind«,

Sie sah Cole und Amy erwartungsvoll an.

»Klar«, entgegnete Amy und auch Cole nickte zustimmend.

Plötzlich klingelte ein Telefon. Seufzend zog Katharina ihr Handy aus ihrer mit Strass besetzten Tasche und starrte stirnrunzelnd aufs Display, während sie den Text einer SMS las. Als sie aufsah, lag Bedauern in ihren Zügen.

»Ihr müsst eure Laternen ohne mich steigen lassen«, sagte sie enttäuscht.

»Was ist denn los?«, erkundigte sich Amy besorgt. Katharina seufzte laut.

»Eine SMS von meinem Bruder. Ashley wird bald ihren Brautstrauß werfen und danach brechen die beiden in die Flitterwochen auf. Er möchte sichergehen, dass ich dort bin, damit er sich verabschieden kann.«

»Dann sieh zu, dass du Land gewinnst«, forderte Cole sie in scherzhaftem Ton auf und machte eine Geste, als wolle er einen Vogel davonscheuchen. Katharina sah zu Amy.

»Willst du denn nicht auch versuchen, den Brautstrauß zu fangen?«

»Auf gar keinen Fall«, schnaubte Amy entsetzt und hob abwehrend die Hände. Das Debakel mit Dylan hatte ihr vorerst gereicht. So schnell würde sie sich nicht wieder in eine Beziehung stürzen, ganz zu schweigen von einer Ehe. Katharina zuckte die Schultern.

»Na gut, dann werde ich mich mal auf den Weg

machen. Wir sehen uns später«, rief sie und rannte durch den weichen Sand davon.

»Quirliges Ding«, stellte Cole schmunzelnd fest.

»Eine der wenigen Normalen hier«, sagte Amy.

»Dann lass uns jetzt die Laternen in die Luft befördern«, schlug Cole vor.

Die junge Frau an der Bar händigte den beiden schließlich alles aus, was sie benötigten. Amys erster Versuch scheiterte kläglich, als die Laterne noch in ihren Händen zu brennen begann.

Innerhalb weniger Sekunden fackelte das verflixte Teil bis auf ein paar Drähte komplett ab.

»Sie sind nicht die Erste, der das heute passiert.« Die junge Frau überreichte ihr eine weitere Laterne.

»Jetzt ist mir klar, warum man diesen Ort gewählt hat«, murrte Amy. »Er ist weit genug von der Feier entfernt.«

Ihr zweiter Versuch war schließlich von Erfolg gekrönt. Amys und Coles Laternen schwebten gemeinsam in die Luft. An beiden hing eine kleine Schnur, an der ein Kuvert befestigt war, indem sich ein Zettel mit den Wünschen des Versenders befand.

Amy war nichts Besseres eingefallen, als dem Brautpaar Glück, Gesundheit und ein langes Leben zu wünschen.

Jetzt standen beide nebeneinander und sahen den golden flackernden Laternen nach, die immer kleiner wurden, je höher sie stiegen.

Etwas Nasses fiel auf Amys Wange. Sie erschrak und gab einen entsetzten Laut von sich.

»Was ist los?«, erkundigte sich Cole.

Sie wollte gerade ihre Vermutung äußern, dass irgendein Nachtvogel, über ihr sein Geschäft verrichtet hatte, da traf sie erneut etwas, diesmal auf der Stirn.

Es begann zu regnen. Kurz darauf öffnete der Himmel seine Schleusen und es schüttete, wie aus Eimern. Ihr dünnes Kleid war innerhalb weniger Sekunden durchnässt.

»So eine Scheiße«, fluchte Cole. »Hier gibt es weit und breit nichts, wo wir uns unterstellen könnten.« Amy grinste ihn an.

»Wir sind sowieso schon patschnass. Außerdem ist es doch ein warmer Sommerregen.« Dass ihre Frisur und ihr Make-up ruiniert waren, scherte sie nicht. Mit ausgestreckten Armen drehte sie sich im Kreis und reckte ihr Gesicht zum Nachthimmel.

»Du bist wirklich seltsam«, stellte Cole schmunzelnd fest und beobachtete, wie Amy sich jauchzend im Kreis drehte.

»Ich weiß«, erwiderte sie.

»Ich will ja kein Spielverderber sein, aber wir sollten zusehen, dass wir zurückkommen. Da hinten zieht ein Gewitter auf.« Er deutete hinaus aufs Meer, wo der Himmel hell aufflackerte. Amy blieb stehen und nickte.

Kapitel 17

Obwohl Amy ihre Schuhe ausgezogen hatte, kam sie nur langsam voran. Der Boden war durch den plötzlichen Platzregen aufgeweicht und das Gras unter ihren nackten Füßen war glitschig. Als sie wieder bergauf liefen, musste sie sich auf jeden Schritt konzentrieren, um nicht auszurutschen.

Es regnete immer noch, allerdings nicht mehr so stark, wie zuvor. Mittlerweile hatte sich auch die Luft merklich abgekühlt und Amy begann, dank ihres durchnässten Kleides, zu frieren. Sie schlang die Arme um ihren Oberkörper.

»Ich würde dir ja gerne mein Jackett anbieten, aber das ist patschnass«, sagte Cole entschuldigend. Sie wollte gerade etwas erwidern, da nahm sie aus dem Augenwinkel einen Schatten wahr, der sich blitzschnell auf sie zubewegte.

Bevor Amy begriff, was geschah, stürzte sich etwas Großes auf Cole und warf ihn zu Boden. Da die Fackeln, die vorher den Weg beleuchtet hatten, durch den Regen erloschen waren, konnte Amy kaum etwas erkennen.

Plötzlich hörte sie dumpfe Schläge, gefolgt von Coles Stöhnen. Dann war es still.

»Ist das dein neuer Lover?« Eine Gestalt mit blondem Haar kam auf die zu.

»Dylan?«, fragte sie ungläubig.

»Du hast doch nicht etwa geglaubt, dass ich mich einfach so abfertigen lasse?«

Amy wich einen Schritt zurück und kam dem Abgrund dabei gefährlich nahe. Sie waren zwar noch nicht allzu weit vom Strand entfernt, doch an den ersten Felsen hinter ihr ging es bereits gute zwei Meter nach unten. Nicht sehr viel, aber in der Dunkelheit wirkte diese Höhe bedrohlich.

»Dylan, was soll das? Du kannst mich nicht zwingen, mit dir zusammen zu sein«, sagte sie in ruhigem Ton und sah sich dabei nach Cole um. Er lag ein paar Meter neben ihr und rührte sich nicht. In der Dunkelheit konnte sie nur sein weißes Hemd und die blonden Haare erkennen. Sie wollte zu ihm eilen und nachsehen, wie es ihm ging, doch Dylan verstellte ihr den Weg.

»Lass mich vorbei«, forderte sie ihn wütend auf. Sie hatte furchtbare Angst, dass Cole ernsthaft verletzt war, und wollte nach ihm sehen. Dylans Arm schnellte nach vorn und er versuchte sie zu packen, doch Amy machte einen Satz nach hinten und er griff ins Leere.

»Mach dir mal über diesen Typen keine Sorgen, der wacht schon wieder auf«, sagte er lahm und kam erneut auf sie zu. »Du kommst jetzt mit mir nach Hause.«

»Hast du jetzt völlig den Verstand verloren? Sieh zu, dass du verschwindest und lass mich endlich in Ruhe«, brüllte sie aufgebracht.

»Keine Chance, Babe.«

Wieder versuchte er sie am Arm zu packen und erneut machte Amy ein paar Schritte zurück, ohne darauf zu achten, dass sich direkt hinter ihr nichts mehr befand. Plötzlich fand ihr Fuß keinen Halt. Sie ruderte wie wild mit den Armen, um ihr Gewicht wieder nach vorne zu verlagern, doch es war zu spät.

Amy schrie, als sie die gut zwei Meter nach unten fiel. Über sich sah sie Dylan. Ein Blitz warf grelles Licht auf sein entsetztes Gesicht.

Dann prallte sie auf harten Fels und ein unsagbarer Schmerz durchfuhr ihren gesamten Körper. Sie hörte Dylan fluchen.

»Scheiße, Scheiße, Scheiße.« Danach war es still.

»Dylan?«, keuchte sie schwach. Keine Antwort. Stattdessen ertönte das laute Knattern eines Motorrades, das sich zu entfernen schien und immer leiser wurde.

»Dieses Schwein haut einfach ab«, sagte Amy ungläubig, dann wurde alles um sie herum dunkel.

»Ich glaube, hier ist etwas.« Die Stimme drang wie aus weiter Ferne an Amys Ohr, während sie ganz langsam wieder zu Bewusstsein kam. Das Erste, was sie spürte, war die eisige Kälte und der Schmerz, der in Wogen ihren Körper durchfuhr. Wo war sie und weshalb war ihr so verdammt kalt? Wieder schlug etwas gegen ihren Körper, der dadurch in Bewegung geriet und höllisch schmerzte. Sie jaulte auf.

Vorsichtig drehte sie den Kopf. Als sie begriff, wo sie sich befand, keuchte sie entsetzt auf. Sie lag auf einem großen Felsen, der sich unterhalb der beginnenden Klippen direkt im Wasser befand. Und das, was immer gegen ihren Körper schlug, waren Wellen.

Nach und nach erinnerte sie sich an alles, was geschehen war. Wie lange war sie bewusstlos gewesen? Keine Ahnung, aber anscheinend hatte die Flut eingesetzt, denn das Wasser war jetzt wesentlich höher als bei ihrem Sturz.

»Amy? Bist du da unten?« Sie sah nach oben und erkannte eine Gestalt.

»Katharina?«, krächzte sie leise. Licht blendete Amy. Sie musste die Augen zusammenkneifen, um halbwegs etwas zu erkennen.

»Oh mein Gott. Bleib ganz ruhig, ich hole Hilfe«, rief ihr die junge Frau entgegen und verschwand. Amys Augen wanderten an der Felswand nach oben. Es regnete nicht mehr und die Wolken hatten sich verzogen. Der Mond schien hell und warf sein bläuliches Licht auf das Felsgestein.

»Unmöglich, dass ich da hochklettern kann«, murmelte sie zu sich selbst. Abgesehen davon war die Felswand nass und sicher extrem rutschig.

Sie drehte den Kopf und versuchte in die Richtung zu sehen, in der der Strand liegen musste. Wie weit war er wohl entfernt? Vielleicht war das Wasser ja nicht so tief und sie könnte es bis zum Strand schaffen? In diesem Moment prallte eine stärkere Welle gegen sie und Amy schrie auf.

Wenn dies schon so starke Schmerzen verursachte, war es undenkbar, dass sie zum Strand schwimmen könnte. Sie schloss die Augen.

»Amy? Bist du verletzt?« Als sie Taylors besorgte Stimme vernahm, öffnete sie die Augen.

»Ich ... ich, also ... keine Ahnung«, stammelte sie.

»Kannst du dich bewegen?«, wollte er wissen. Amy begann nach und nach, jeden einzelnen Körperteil zu bewegen und achtete wachsam darauf, ob sie an irgendeiner Stelle besonders starke oder sehr verdächtige Schmerzen spürte, die ihr mitteilten, dass ein größerer Schaden vorlag. Es tat weh, keine Frage, aber nach einem Sturz aus zwei Metern war das auch kein Wunder.

»Ich glaube nicht, dass etwas gebrochen ist«, sagte sie schließlich.

»Okay, das ist gut. Bleib jetzt einfach ganz ruhig liegen, ich werde mir etwas einfallen lassen«, versuchte er sie zu beruhigen.

Wo sollte sie auch hin? Seufzend versuchte sie sich nicht zu bewegen und lauschte den Wellen, die sich lautstark an den Felsen brachen. Bald jedoch hörte sie nur noch ihr eigenes Zähneklappern.

Sie hatte jegliches Zeitgefühl verloren und fragte sich, wie lange es nun her war, dass Taylor ihr versichert hatte, dass er sich um ihre Rettung kümmern würde. Minuten? Stunden? Amy wusste es nicht. Sie fror sich hier den Arsch ab und jeder Knochen tat ihr weh.

»Noch ein Stück, dann bist du bei ihr.« Amy sah nach oben und erkannte wieder Katharina, die hektisch mit einer Taschenlampe herumwedelte.

Dann hörte sie ein monotones Platschen und drehte den Kopf. Zuerst sah sie nur eine Gestalt, die auf der Wasseroberfläche zu sitzen schien und langsam näherkam.

»Super, mein Kopf hat also doch was abbekommen«, murmelte Amy angesichts der auf dem Wasser sitzenden Person, die sie sich gerade einbildete.

»Gleich hast du es geschafft«, brüllte Katharina erfreut und nun erkannte Amy Taylor. Er kniete auf einem großen Holzbrett, das extrem wacklig wirkte und bedenklich in den Wellen hin und her schwankte.

»Hey, wie geht es dir?«, erkundigte er sich laut schnaufend. Das Brett schlug unsanft gegen den Fels, auf dem Amy lag.

»Ist das der neue Trendsport der Reichen? Auf Brettern durch die Nacht surfen?«, scherzte sie.

»War leider nichts anderes zu finden. Ich musste die Bar auseinandernehmen«, verriet er. Er griff an den Fels und versuchte sich das letzte Stück heranzuziehen.

»Und was wird das jetzt?«

»Kannst du dich bewegen? Meinst du, du schaffst es zu mir aufs Brett?«, wollte er wissen. Amys Augen wurden groß.

»Du hast wohl nen Knall. Ich kann nicht schwimmen und werde ganz sicher nicht auf dieses wackelige Teil steigen«, protestierte sie.

»Naja, wenn die Flut ihren Höhepunkt erreicht hat, ist der Fels, auf dem du jetzt liegst, komplett unter Wasser, also hast du wohl keine andere Wahl.«

Amy schluckte. Meinte er das etwa ernst?

»Ich glaube nicht, dass dein provisorisches Boot uns beide tragen wird«, warf sie ein.

»Das muss es auch nicht. Du legst dich darauf und ich bewege dich zum Strand«, erklärte er ruhig. »Ich verspreche, dass dir nichts passieren wird. Ich passe auf dich auf«, versprach er.

»Ist es weit zum Strand?«, erkundigte sie sich mit dünner Stimme. Er schüttelte den Kopf, wobei Tropfen aus seinem nassen Haar fielen.

»Nein, der Strand ist gleich hinter diesem Felsvorsprung«, informierte er sie.

Amy schloss die Augen, holte tief Luft und nickte, so gut es unter den Schmerzen machbar war. Sie hatte zwar so ihre Zweifel an Taylors Rettungsaktion, aber sie wollte auch so schnell wie möglich von hier weg.

»Na gut, aber wenn ich ertrinke, werde ich dein ganz persönlicher Hausgeist und treibe dich in den Wahnsinn«, drohte sie. Sein rauchiges Lachen, das daraufhin folgte, verursachte ihr einen wohligen Schauer.

»Hör auf ihn toll zu finden«, schalt sie sich leise.

»Was?« Taylor hatte innegehalten und sah sie fragend an.

»Ach gar nichts«, murmelte sie. Sie musste wirklich einmal daran arbeiten, nicht immer laut auszusprechen, was sie dachte.

»Versuch dich auf die Seite zu drehen, damit ich dich herüberziehen kann«, bat er sie. Amy warf dem schwankenden Brett einen misstrauischen Blick zu.

»Und du glaubst wirklich, das klappt?«

»Vertrau mir einfach.«

Was blieb ihr auch anderes übrig, wenn sie nicht hier liegen und erfrieren wollte? Stöhnend drehte sie sich zur Seite.

»Wenn dir etwas weh tut, sag sofort Bescheid«, forderte Taylor sie auf.

»Bescheid«, schrie sie, als ein heftiger Schmerz durch ihr Handgelenk fuhr.

Taylor begann, Amy ganz behutsam zu sich zu ziehen.

Zwangsläufig landete ihr ganzer Körper dabei im Meer. Sie kreischte auf, als das eisige Wasser sie umschloss.

Er zog sie vorsichtig auf das Brett, das instabiler war, als Amy angenommen hatte. Bei jeder Bewegung drohte es zur Seite zu kippen.

Als sie eine halbwegs stabile Position erreicht

hatte, krallte sie ihre Finger in die Ecken des Brettes und versuchte sich nicht zu bewegen. Alles tat höllisch weh, doch sie ignorierte den Schmerz so gut wie möglich.

»Hey Jack, wo ist denn meine Trillerpfeife?« Taylor hielt inne.

»Geht es dir nicht gut?«, erkundigte er sich besorgt. Amy drehte den Kopf zu ihm.

»Kennst du Jack und Rose nicht? Das Paar aus Titanic? Die Szene auf dem Brett, nachdem das Schiff untergegangen ist?«, klärte sie ihn auf.

Taylor schnaubte, schien aber sichtlich erleichtert zu sein, als er begriff.

»Ich muss dich leider enttäuschen. Ich habe nicht vor zu ertrinken und dich hier alleine zu lassen«, entgegnete er.

»Das will ich dir auch nicht raten.«

»Still jetzt«, forderte er sie auf. »Versuch ganz ruhig liegen zu bleiben und dich nicht zu bewegen.«

»Ist das gut so?« Amy lag so bewegungslos wie möglich auf dem Brett. Bei jeder Welle rutschte ihr Körper ein Stück zur Seite. Um dem entgegenzusetzen, spannte sie jeden Muskel an, was höllisch schmerzte.

»Perfekt und jetzt lass mich den Rest machen«, erklärte Taylor.

Sie nickte und schickte ein Stoßgebet gen Himmel, als er das Brett bewegte und sie sich von den Klippen entfernten.

Eine erneute starke Welle spülte über sie hinweg. Amy krallte die Finger, so fest es ihr möglich war, um die Kanten der ehemaligen Barverkleidung.

Ihr Herz hämmerte wie wild gegen ihre Brust und sie wagte nicht, die Augen zu öffnen.

»Das machst du sehr gut. Wir haben es gleich geschafft«, versicherte ihr Taylor abgehackt. Er atmete laut und es fiel ihm anscheinend schwer, zu sprechen.

Irgendwann hörte Amy Katharina aufgeregt rufen und öffnete die Augen. Nicht weit entfernt sah sie den Lichtkegel der Taschenlampe und in diesem Augenblick wusste sie, dass sie den Strand fast erreicht hatten.

Als das Wasser so tief war, dass Taylor stehen konnte, zog er Amy vorsichtig vom Brett und trug sie in seien Armen zum Strand, wo Katharina schon mit einer dicken Wolldecke wartete. Die junge Frau schlang die Decke um Amy, die mittlerweile beängstigend laut mit den Zähnen klapperte.

»Wir müssen sie so schnell wie möglich ins Auto bringen«, stellte sie stirnrunzelnd fest.

»Kannst du den Wagen holen und hierher bringen?« Taylor hatte sich neben Amy in den Sand gesetzt und ihr schützend einen Arm um die Schultern gelegt.

»Klar, bin gleich wieder da«, entgegnete Katharina und rannte los. Taylor musterte Amys

Gesicht in der Dunkelheit.

Plötzlich erinnerte sich Amy an alles, was geschehen war und daran, dass Cole reglos am Boden gelegen hatte.

»Was ist mit Cole? Habt ihr ihn auch gefunden?«, fragte sie aufgeregt. Taylor runzelte kurz die Stirn, dann nickte er.

»Ihm geht es gut. Er ist bei uns zu Hause.« Er sah sie an, als versuche er, ihre Gedanken zu lesen. »Wie fühlst du dich?«

»Be... Be... Beschissen«, stotterte sie, hob dann den Kopf und sah Taylor an. Er war, genauso wie sie selbst, patschnass. Sie glaubte erkennen zu können, dass auch er zitterte. Amy hob die eine Seite ihrer Decke an und legte sie um Taylor. Er rutsche noch näher an sie heran und nach kurzer Zeit konnte sie die Wärme seines Körpers spüren.

»Wie spät ist es?« Amy hatte keine Ahnung, wie viel Zeit seit ihrem Sturz und der darauf folgenden Bewusstlosigkeit vergangen war.

»Ungefähr drei Uhr«, antwortete Taylor. Erstaunt riss sie die Augen auf.

»So spät schon? Sind denn überhaupt noch Gäste im Zelt?« Taylor schüttelte den Kopf.

»Als vor zwei Stunden zum Regen auch noch ein heftiger Wind einsetzte, der unsere Zelte fast auseinandergenommen hat, haben wir kurzerhand beschlossen, die Feier nach Hause zu verlegen. Mittlerweile sind die meisten Gäste aber schon gegangen.«

Amy benötigte einen Moment, um eins und eins zusammenzuzählen.

Wenn die Hochzeitsgesellschaft die Feier hier abgebrochen hatte, um sich auf den Weg zu Taylors Elternhaus zu machen, dann bedeutete das ... dass man Amy einfach vergessen hatte. Hatte sich denn niemand gefragt, wo sie geblieben war? Nicht einmal Jessica, ihre beste Freundin?

Und weshalb waren Katharina und Taylor hierher zurückgekommen? Amy beschloss, all die Fragen, die ihr gerade im Kopf herumgeisterten, auf einen späteren Zeitpunkt zu verschieben, da sie kaum ein Wort über die Lippen brachte.

»Danke«, murmelte sie leise.

»Mir musst du nicht danken«, sagte Taylor. Als er ihren fragenden Gesichtsausdruck bemerkte, fügte er rasch hinzu: »Katharina war diejenige, die darauf bestanden hat, hierher zurückzufahren.«

»Katha... Katharina?«, wiederholte Amy ungläubig. Taylor nickte. In diesem Moment hörten beide ein Fahrzeug.

»Wir erklären dir alles, wenn wir zu Hause sind. Jetzt fahren wir dich erst einmal zu einem Arzt.«

»Ich ... ich ... will z... z.... zu keinem Arzt und außer... außerdem bezweifle ich, d... d... dass um diese Zeit irgendeiner verfügbar ist«, protestierte sie stotternd.

»Ein Freund von mir ist Allgemeinmediziner. Er schuldet mir sowieso noch einen Gefallen und es liegt auf dem Weg.« Einen weiteren Protest ließ

Taylor nicht zu. Er stand auf und half Amy vorsichtig aufzustehen.

»Soll ich dich tragen?«, erkundigte er sich unsicher. Sie schüttelte heftig den Kopf und jaulte auf, als ein stechender Schmerz durch ihren Schädel fuhr.

Jetzt, da sie nicht mehr auf einem harten Felsen lag, hatten sich ihre verspannten Muskeln etwas gelockert und der Schmerz war zurückgegangen. Zwar tat ihr das linke Handgelenk und ihr Knie höllisch weh, doch damit konnte sie leben.

Humpelnd und auf Taylor gestützt, gingen sie zum Wagen.

Kapitel 18

»Meine Güte, ich mach mir ja solche Vorwürfe«, sagte Jessica und warf die Hände über sich in die Luft.

»Nun komm mal wieder runter, es ist ja nichts passiert«, versuchte Amy ihre Freundin zu beruhigen, die wie ein wild gewordener Tiger im Zimmer auf und ab rannte.

Amy schloss die Hände um die heiße Tasse Tee und nahm einen vorsichtigen Schluck. Sie lag in ihrem Bett und langsam kehrte die Wärme in ihren Körper zurück.

»Nichts passiert?«, keifte Jessy und deutete auf Amys Handgelenk, das geschient und dick verbunden war. »Du hast dir das Handgelenk gebrochen, dein Knie übel aufgeschürft und eine Platzwunde am Hinterkopf.« Sie deutete an ihrem eigenen Schädel an die Stelle, an der sich Amys genähte Wunde befand.

»In ein paar Wochen ist von alldem nichts mehr zu sehen«, versicherte ihr Amy.

»Und an allem ist dieses Arschloch Dylan schuld. Ich hab dir schon immer gesagt, dass der Typ nicht ganz koscher ist, aber du wolltest ja nicht auf mich hören«, zeterte Jessica weiter.

Amy stellte die Tasse auf den kleinen Beistelltisch, den Katharina ihr neben das Bett gestellt hatte, und ließ sich erschöpft in ihr Kissen fallen. Sie war viel zu müde, um sich auf eine Diskussion mit ihrer Freundin einzulassen.

Draußen wurde es bereits hell und Amy konnte kaum noch die Augen offen halten.

Wie Taylor es angekündigt hatte, waren sie ohne Umweg zu einem Arzt gefahren, nachdem sie in den Wagen eingestiegen war. Dr. Drake, ein enger Freund von Taylor, hatte sich sofort bereit erklärt, Amy zu untersuchen, da das nächstgelegene Krankenhaus eine ganze Ecke entfernt war.

Er hatte ihr Handgelenk und ihr Knie geröntgt und ihre Platzwunde genäht. Anschließend wollte er ihr einen Gips verpassen, was Amy aber nicht zugelassen hatte. Also hatte er ihr gebrochenes Handgelenk geschient und fest bandagiert.

Außerdem hatte er ihr eine Dose starker Schmerztabletten in die Hand gedrückt, von denen sie gleich vor Ort zwei Stück genommen hatte.

Als sie ihm mitgeteilt hatte, dass sie am folgenden Tag zurück nach London fahren würde, hatte er sie kurzerhand zu einem Kollegen überwiesen, der die weitere Behandlung übernehmen sollte.

Auf dem Weg zu Taylors Elternhaus hatten Katharina und er Amy alles erzählt, was sich während ihrer Ohnmacht ereignet hatte.

Cole kam irgendwann ins Zelt geschwankt, das Gesicht blutig geschlagen. Auf die Frage hin, was passiert war, erzählte er, dass Amys Freund ihnen aufgelauert und ihn niedergeschlagen hatte. Bevor er das Bewusstsein verlor, hatte er jedoch noch mitbekommen, wie Dylan Amy erklärte, dass er sie mit nach Hause nehmen würde. Das hatte er Taylor und den anderen mitgeteilt.

Sicherheitshalber hatten sich einige Gäste auf die Suche gemacht, doch ohne Erfolg. Deshalb nahmen alle an, dass sie sich tatsächlich mit Dylan auf dem Weg nach London befand.

Daraufhin setzte der Sturm ein und es gab ein heilloses Durcheinander. Alle waren damit beschäftigt, die verbliebenen Gäste ins Anwesen zu fahren und niemand dachte mehr an Amy und deren Verbleib.

Zurück im Haus war es Katharina gewesen, die nicht locker gelassen hatte. Wie ein Wasserfall hatte sie auf Taylor eingeredet und ihm immer wieder gesagt, dass sie nicht der Meinung war, dass Amy einfach gegangen war, ohne sich zu verabschieden. Sie hatte erst Ruhe gegeben, als Taylor eingewilligt hatte, noch einmal mit ihr zum Strand zu fahren und nach Amy zu suchen. Zum Glück für Amy.

Als sie am Anwesen der Morgans angekommen waren, war es draußen mittlerweile hell und die Bewohner, die bereits wach waren, hatten sich auf Amy gestürzt, um zu erfahren, was geschehen war. Irgendwann hatte Taylor sie an der gesunden Hand genommen und auf ihr Zimmer geführt.

Jetzt lag sie endlich in ihrem Bett und das

Einzige, was Amy von ihrem wohlverdienten Schlaf abhielt, war ihre Freundin Jessica, die durch ihr Zimmer fegte, wie ein Tornado.

»Ich bin wirklich sehr müde«, teilte Amy ihrer Freundin mit und unterstrich diese Tatsache mit einem ausgedehnten Gähnen. Doch Jessy schien das nicht im geringsten zu interessieren. Sie schob Amys Einwand mit einer Geste beiseite und plapperte munter weiter.

»Du solltest diesen Typen anzeigen. Er hat dich zwar nicht gestoßen, aber wegen unterlassener Hilfeleistung kriegst du ihn dran.«

Amy seufzte.

»Mittlerweile ist mir klar geworden, dass du alle Sätze zweimal hören musst, bevor du sie verstehst. Also noch mal: Ich möchte jetzt endlich schlafen. Sieh zu, dass du Land gewinnst!«

Jessy blieb abrupt stehen und sah Amy mit großen Augen an.

»Sag das doch gleich. Du musst mich ja nicht so anfahren«, entgegnete sie empört. Amy verdrehte die Augen und deutete energisch auf die Tür.

»Raus!«

Ein leises Klopfen weckte Amy. Mürrisch sah sie auf den Wecker. Es war erst kurz nach zwölf Uhr mittags. Demnach hatte sie nur ein paar Stunden geschlafen.

»Ja, was denn?«, pflaumte sie die Tür an, die sich kurz darauf öffnete.

Taylor streckte den Kopf in ihr Zimmer und warf ihr einen entschuldigenden Blick zu.

»Tut mir echt leid, falls ich dich geweckt habe, aber es ist wichtig.« Amy setzte sich in ihrem Bett auf und sofort waren die Schmerzen zurück.

»Komm rein«, bat sie ihn, griff nach der Tablettendose und nahm zwei Pillen heraus. Taylor setzte sich zu ihr ans Bett und reichte ihr das Wasserglas vom Nachttisch. Schnell schluckte sie die Schmerztabletten und hoffte, diese würden rasch wirken, dann drehte sie sich zu Taylor.

»Was ist denn los?«

»Ursprünglich hatte ich vor, heute zurück nach London zu fahren«, begann er.

»Und?«

»Naja, da du ja verletzt bist und noch etwas Ruhe brauchst, wollte ich fragen, ob wir noch ein paar Tage bleiben sollen, bis es dir besser geht. Jessica wäre einverstanden und ich hätte auch kein Problem damit«, erklärte er.

Bei dem Gedanken, noch ein paar Tage in diesem Haus festzusitzen, lief Amy ein eisiger Schauer über den Rücken. Keinen Tag länger wollte sie hier bleiben. Außerdem wäre Taylors Mutter sicherlich nicht begeistert, wenn sie noch länger hier zu Gast wäre. Die beiden Frauen konnten sich nicht leiden und nichts würde daran etwas ändern.

Amy wollte zurück, in ihre eigene kleine Welt. Sie wollte billiges Fast Food essen und die

Erinnerung an Austern oder Hummer aus ihrem Kopf verbannen. Sie gehörte nicht hierher, das hatte man ihr mehr als deutlich gezeigt.

»Ich würde gerne heute nach Hause fahren«, flüsterte sie. Taylors Miene wirkte enttäuscht, doch er nickte.

»Okay, wie du willst. Dann fahren wir heute Abend los. Du kannst also noch ein paar Stunden schlafen«, entgegnete er, erhob sich und ging zur Tür.

»Danke.«

Er drehte sich um und lächelte.

»Kein Thema.« Taylor verließ das Zimmer. Eine gefühlte Ewigkeit starrte Amy noch auf die Tür, bevor sie sich wieder in ihr Bett kuschelte und sofort einschlief.

Am späten Nachmittag polterte Jessica in Amys Zimmer. Zum Glück war Amy schon ein paar Minuten wach gewesen, sonst wäre sie sicher vor Schreck aus dem Bett gesprungen.

»Oh fein, du bist ja schon wach.«

»Wäre ich es nicht, dann spätestens bei dem Lärm, den du hier veranstaltest«, entgegnete Amy und schälte sich umständlich aus dem Bett. »Diese Dinger wirken aber nicht sehr lange«, murmelte sie und kippte zwei neue Tabletten auf ihre Handfläche.

»So schlimm?«, erkundigte sich Jessy. Amy zuckte mit den Schultern und stöhnte sofort auf.

»Ich bin froh, wenn das vorbei ist«, antwortete sie und schluckte die Pillen. »Wann fahren wir?«

»Taylor meinte, wenn du so weit bist.«

»Dann schleppe ich mich jetzt mal unter die Dusche.«

»Und ich sage Katharina Bescheid. Sie lässt sich nämlich nicht davon abbringen, dir noch ein Spätstück zu machen.«

»Spätstück?«, echote Amy verwirrt.

»Ein spätes Frühstück, wie sie es nennt«, erklärte Jessy und schüttelte lächelnd den Kopf.

Bei dem Wort Frühstück, begann Amys Magen zu knurren.

»Kann ich gut gebrauchen«, nuschelte sie, nahm sich frische Kleidung und verschwand im Bad.

»Ich packe inzwischen deine Klamotten in den Koffer«, informierte sie Jessy lautstark.

»Toll, danke«, flötete Amy durch die Badezimmertür.

Die heiße Dusche hatte richtig gut getan. Ihr bandagiertes Handgelenk hatte sie während des Duschens weit von sich gehalten, sodass es trocken blieb. Unter dem warmen Wasser hatten sich Amys Muskeln merklich entspannt und nun fühlte sie sich schon wesentlich besser. Vielleicht waren es aber auch nur die Tabletten, deren Wirkung eingesetzt hatte. Ihr war es egal. Hauptsache weniger Schmerzen.

Als sie frisch angekleidet zurück in ihr Zimmer

marschierte, lag ihr gepackter Koffer auf dem Bett. Von Jessy war nirgendwo eine Spur. Also machte sich Amy auf den Weg nach unten.

Die Treppe bereitete ihr einige Schwierigkeiten, da ihr Knie trotz der starken Medikamente bei jeder Belastung schmerzte. Aber sie biss die Zähne zusammen und kämpfte sich Stufe für Stufe nach unten.

Dabei schimpfte sie wie ein Rohrspatz und schickte Dylan alle ihr bekannten Flüche an den Hals. Je mehr sie darüber nachdachte, wie er sich verhalten hatte, desto wütender wurde Amy.

Dieser Idfiot hatte ihnen aufgelauert, Cole niedergeschlagen und war dann einfach abgehauen, als Amy gestürzt war.

Nicht auszudenken, was hätte passieren können, wenn Taylor und Katharina sie nicht gefunden hätten. Was hatte Taylor gesagt? Die Flut hätte das Wasser noch wesentlich höher steigen lassen und Amy hätte ertrinken können.

Sie humpelte in die Küche, wo Katharina sie mit einem herzlichen Lächeln empfing.

»Wie schön, dass es dir wieder etwas besser geht. Setz dich, ich mache dir etwas zu essen.« Sie deutete auf den Tisch, an dem bereits Cole saß und unsicher zu Amy blickte.

Amy packte Katharina und riss die verblüffte junge Frau in eine Umarmung, so gut es mit ihren Verletzungen ging.

»Ich weiß gar nicht, wie ich dir danken soll«,

sagte sie. »Nicht auszudenken, was passiert wäre, wenn du nicht darauf bestanden hättest, mich zu suchen.«

»Du musst dich nicht bei mir bedanken. Ich hatte nur so ein Gefühl, dass du nicht auf dem Weg nach London warst und mein Instinkt hat mich noch nie im Stich gelassen.«

»Wie auch immer«, murmelte Amy. »Danke.« Katharina strahlte.

»Jetzt setz dich schon. Du musst ja halb verhungert sein.«

Amy nahm gegenüber von Cole Platz und schenkte ihm ein zaghaftes Lächeln. Sofort hellte sich seine Miene auf.

»Wie geht es dir?«, wollte Amy wissen und starrte auf seine geschwollene Lippe. Er sah sie verblüfft an.

»Du fragst mich, wie es mir geht? Es sollte wohl eher umgekehrt der Fall sein. Ich habe nur ein paar oberflächliche Verletzungen, aber dich hat es anscheinend ganz schön erwischt«, sagte er mit einem vielsagenden Blick auf ihr geschientes Handgelenk.

»Das heilt wieder«, beteuerte sie. Cole seufzte und senkte den Blick. Als er sie wieder ansah, wirkte er sehr bedrückt.

»Hör zu, ich wollte mich bei dir entschuldigen.«

Amy runzelte die Stirn.

»Weshalb?«

»Ich hätte für dich da sein sollen, dich

beschützen müssen. Stattdessen habe ich mich niederschlagen und ausknocken lassen. Das tut mir wirklich leid.«

»Das ist doch Quatsch«, antwortete Amy. »Du konntest doch nicht ahnen, dass mein durchgeknallter Ex auf uns lauert.«

Er nickte, schien das aber etwas anders zu sehen.

»Dann bist du mir nicht böse?«

Jetzt wurde Amy langsam sauer.

»Es gibt keinen Grund auf dich böse zu sein, du hast nichts falsch gemacht«, versuchte sie noch einmal ganz ruhig zu erklären.

»Ich hätte aber nach dir suchen müssen, als ich wieder zu Bewusstsein gekommen bin. Stattdessen habe ich mir eingeredet, du seist mit diesem Typen mitgegangen.«

»Mach dir darüber keinen Kopf, ich hätte genauso gehandelt wie du«, versicherte sie ihm. Bevor Cole noch tiefer in Selbstmitleid baden konnte, kam Katharina an den Tisch und stellte Amy einen vollgeladenen Teller vor die Nase.

»Bitte sehr, einmal Spätstück für unsere Patientin.«

Der Geruch von Rührei, Speck und Würstchen zog ihr in die Nase.

»Das ist genau das, was ich jetzt brauche«, bedankte sie sich lächelnd und begann, Katharinas Spätstück in sich hineinzuschaufeln.

»Da bist du ja. Ich hab dich gesucht«, trällerte Jessica, die gut gelaunt in die Küche geschlendert kam.

»Bin eben erst vom Joggen zurückgekommen«, antwortete Amy mit vollem Mund. Jessy zog eine Grimasse.

»Wo ist Taylor?«, fragte sie in die Runde. Katharina deutete zum Fenster.

»Er ist los, um den Wagen vollzutanken.«

»Dann habe ich ja auch noch Zeit für eine Tasse Kaffee«, sagte Jessica und ließ sich neben Amy auf den Stuhl fallen.

»Dein Appetit scheint ja nicht in Mitleidenschaft gezogen worden zu sein«, stellte sie mit einer hochgezogenen Augenbraue fest, während sie beobachtete, wie Amy sich zwei kleine Würstchen auf einmal in den Mund schob.

»Da braucht es mehr, als einen Sturz aus zwei Metern Höhe.« Amy war kaum zu verstehen.

Kurz darauf kam Taylor zurück. Als sein Blick erst auf Amy und dann auf ihren leer gegessenen Teller fiel, lächelte er zufrieden.

»Dir geht es wieder etwas besser?«, wollte er wissen.

»Viel besser«, bestätigte sie.

Nachdem er Amys und Jessicas Koffer in den Wagen verfrachtet hatte, verabschiedeten sie sich von Katharina und Cole. Sie tauschten Adressen und Telefonnummern aus und versprachen hoch und heilig, dass man sich bald schon besuchen würde.

Amy war erleichtert, dass Taylors Eltern zum

Essen ausgegangen waren, so musste sie sich nicht von der arroganten Kuh verabschieden. Mr Morgan hätte sie gerne noch einmal gesehen, denn er war ihr ungemein sympathisch.

»Dann wollen wir mal«, sagte Taylor.

Amy warf ihre Tasche in die Ecke und ließ sich laut seufzend in ihre Couch fallen. Die Rückfahrt nach London war wie im Flug vergangen, was wohl daran gelegen hatte, dass sie sofort nach der Abfahrt eingeschlafen war.

Jessica hatte Amy angeboten, die Nacht bei ihr zu bleiben, um ein Auge auf sie zu haben, aber Amy hatte dankend abgelehnt. Alles, was sie wollte, war Ruhe.

Taylor hatte sie zum Abschied kurz umarmt, doch es war eine eher freundschaftliche Geste gewesen. Bis zum Schluss hatte Amy gehofft, er würde sie vielleicht wiedersehen wollen, aber dem war nicht so.

Einerseits war sie enttäuscht, andererseits auch erleichtert. Jetzt war der falsche Zeitpunkt, sich zu verlieben. Sie musste erst ihr Leben wieder auf die Reihe kriegen, bevor sie an einen neuen Mann dachte.

Müde humpelte sie ins Schlafzimmer, nahm zwei weitere Tabletten und legte sich in ihr Bett.

»Zu Hause ist es wirklich am schönsten«, murmelte sie schläfrig, dann fielen ihr die Augen zu.

Kapitel 19

Fast ein Monat war nun seit ihrem Sturz vergangen. Ihr Knie war wieder völlig geheilt und auch die Fäden ihrer Platzwunde am Kopf waren gezogen worden. An der kleinen rasierten Stelle waren bereits Haare nachgewachsen, sodass die Verletzung kaum noch auffiel. Einzig ihr Handgelenk war noch geschient, was zur Folge hatte, dass sie krankgeschrieben war.

Dylan hatte sich seit ihrem Aufeinandertreffen an den Klippen nicht mehr blicken lassen. Sein Glück. Amy war nämlich stinksauer auf ihren Exfreund und wusste nicht, wie sie reagieren würde, wenn er ihr noch einmal unter die Augen treten würde.

In den darauffolgenden Wochen hatte sich Cole einige Male telefonisch bei ihr gemeldet und sie zum Essen eingeladen. Amy hatte ihn jedoch immer auf einen späteren Zeitpunkt vertröstet.

Je länger sie zu Hause herumsaß, desto öfter spukte Taylor in ihrem Kopf herum. Sie wollte nicht an ihn denken, doch sie konnte nichts dagegen tun.

Einmal hatte sie sich sogar dabei ertappt, wie sie im Telefonbuch nach seiner Nummer gesucht hatte. Sie hatte sie auch gefunden, war jedoch zu feige gewesen, ihn anzurufen. Was hätte sie auch sagen sollen?

So wie es schien, war er wieder mit Tracy zusammen. Jedenfalls, wenn man Heather Morgan Glauben schenken konnte.

Sie musste Taylor endlich aus ihrem Kopf verjagen.

Tagsüber nahm sie sich ein Buch und ging in den Park, wo sie lange las, um für ein paar Stunden alles um sich herum zu vergessen.

Abends war sie fast immer mit Jessica unterwegs. Das half und schon bald dachte sie gar nicht mehr an den gut aussehenden, dunkelhaarigen Traummann, der sie vor dem Ertrinken gerettet hatte.

Als schließlich die Schiene abgenommen wurde und der Arzt Amy nach neuerlichen Röntgenaufnahmen bestätigte, dass ihr Handgelenk wieder völlig geheilt sei, fiel ihr ein Stein vom Herzen. Endlich konnte sie wieder arbeiten.

Anfangs fielen ihr die sonst so gewohnten Bewegungen noch schwer, da sich ihr Handgelenk anfühlte, als wäre es eingerostet, doch nach einigen Anlaufschwierigkeiten war alles wieder wie vorher.

Es war Freitagnachmittag. Amy schnitt gerade einer Stammkundin die Haare, als ihre Kollegin Nadine zu ihr geeilt kam.

»Telefon für dich«, flüsterte sie ihr zu. Amy entschuldigte sich rasch bei ihrer Kundin und eilte zur Rezeption.

»Wer ist es denn?«, wollte sie wissen. Nadine zuckte die Achseln.

»Den Namen habe ich nicht verstanden. Es ist aber ein Typ«, antwortete sie und zwinkerte Amy vielsagend zu.

»Amy Garner«, meldete sie sich und lauschte. Ein Räuspern erklang.

»Hi, hier ist Taylor.«

Amys Herz rutschte ein Stockwerk tiefer.

»Taylor, na das ... das ist ja eine Überraschung«, stammelte sie.

»Wie geht es dir?«, erkundigte er sich.

»Die Schiene ist weg, das Knie wieder in Ordnung und die Fäden verschwunden.«

»Das ist toll.«

Eine gefühlte Ewigkeit herrschte Stille und Amy wollte schon nachfragen, ob er noch dran war, als er wieder etwas sagte.

»Weswegen ich anrufe ...«

»Ja?« Himmel, sie klang ja, als hätte sie nur darauf gewartet, dass er sich bei ihr meldete. Er lachte.

»Naja, ich wollte dich eigentlich fragen, ob du Lust hast mit mir Essen zu gehen?«

»Ein Date?«, rutschte es ihr heraus. Sie schlug sich gegen die Stirn und verzog das Gesicht zu einer Grimasse. Ging es noch offensichtlicher?

»Ja, also ... ich ... ja klar, ein Date«, antwortete er zögernd.

Amy biss sich auf die Unterlippe und verfluchte sich innerlich. Wahrscheinlich wollte Taylor sich nur mit ihr zu einem unverfänglichen Essen treffen und sie machte daraus gleich eine Romanze. Kein Wunder, dass ihm das unangenehm war.

»Klar können wir essen gehen«, sagte sie so lässig wie möglich doch ihr Herz raste wie verrückt.

Sie verabredeten sich für den nächsten Tag. Taylor würde Amy bei sich zu Hause abholen, was zur Folge hatte, dass sie den kompletten Freitagabend und den halben Samstag damit beschäftigt war, die Wohnung auf Vordermann zu bringen.

Am Nachmittag stand sie dann hilflos vor ihrem Kleiderschrank und überlegte, was sie anziehen sollte. Als sie auch nach zwei Stunden kein passendes Outfit gefunden hatte, wurde es Zeit für einen Hilfeanruf bei Jessica.

Die stand umgehend, mit einem prall gefüllten Kleidersack, auf der Matte.

»Du und Taylor. Wer hätte das gedacht?«, sagte Jessica, die es sich auf Amys Bett gemütlich gemacht hatte und sich die Nägel feilte.

Amy, die sich gerade in ein kurzes Schwarzes zwängte, warf ihrer Freundin einen vorwurfsvollen Blick zu.

»Nur zwei Bekannte, die zusammen zum Essen gehen. Mehr ist da nicht«, verteidigte sie sich.

Jessica verzog den Mund.

»Na klar, wem willst du eigentlich was vormachen? Ich habe sehr wohl mitbekommen, wie du Taylor immer ansiehst. Wie ein verliebtes Schaf.« Sie kicherte.

Amy brummte etwas Unverständliches und fragte sich, ob sie ihn wirklich so dämlich anhimmelte, wie Jessy behauptete.

Jessica deutete auf Amys Kleid. »Das ziehst du besser nicht an. Du siehst aus, als hätte man dich mithilfe einer Kanone da hineingeschossen.«

Amy quälte sich aus dem Kleid und schnaubte empört.

»Schön, wie du es immer wieder aufs Neue schaffst, mich aufzubauen«, zischte sie und griff nach einem bunten Sommerkleid.

Jessica ignorierte die Bemerkung. Als Amy die Träger des ärmellosen Sommerkleides im Nacken verschlossen hatte, klatsche Jessica in die Hände.

»Das musst du heute Abend tragen.«

Amy betrachtete sich im Spiegel und musste zugeben, dass dieses Kleid ihr wirklich fantastisch stand. Große rote Mohnblumen zierten den edlen Stoff und brachten ihre leicht gebräunte Haut gut zur Geltung. Sie nickte zufrieden.

»Jetzt brauche ich nur noch passende Schuhe«, erklärte sie mit einem Blick auf ihre nackten Füße. »Und die Nägel sollte ich mir wohl auch besser neu lackieren«, fügte sie stirnrunzelnd hinzu, als sie den abgeblätterten Nagellack auf ihren Zehen sah.

»Das erledige ich«, rief Jessy, sprang auf und rannte ins Bad.

Zwei Stunden später war Amy nicht mehr wiederzuerkennen. Jessica hatte eine geschlagene Stunde ihre rotbraunen Haare mit einem Lockstab bearbeitet. Anschließend hatte sie diese mit unzähligen kleinen Haarnadeln nach oben gesteckt und einzelne Strähnen wieder herausgezogen, damit die Frisur elegant, romantisch, aber nicht zu streng wirkte. Amy musste zugeben, dass ihre Freundin Talent hatte. Sicher wäre aus Jessica eine hervorragende Friseurin geworden, wenn sie sich für diesen Beruf entschieden hätte.

Danach kam das Make-up, welches fast dreißig Minuten in Anspruch genommen hatte.

»Noch ein kleiner Hauch Chanel und du bist fertig«, zwitscherte Jessica und sprühte Amy mit dem edlen Flacon an.

Amy drehte sich und beäugte sich in dem großen Spiegel an der Wand.

»Wow«, flüsterte sie fasziniert, als sie sich musterte. »Das solltest du beruflich machen Jessy, das ist der absolute Wahnsinn. Ich erkenne mich kaum wieder«, erklärte sie beeindruckt. Sie machte einige Schritte auf ihre Freundin zu und schloss sie in die Arme. »Danke.«

»Nichts zu danken, hat mir Spaß gemacht. Taylor werden die Augen aus dem Kopf fallen, wenn er dich sieht«, sagte sie schmunzelnd, sichtlich mit ihrer Arbeit zufrieden.

Kurz bevor Taylor kam, schob Amy ihre Freundin zur Tür hinaus.

»Ich bin auch ohne dich schon aufgeregt genug.« Jessica verließ die Wohnung nur unter lauten Protestgesängen, aber sie ging.

Als es schließlich klingelte, warf Amy einen letzten Blick in den Spiegel und öffnete die Tür.

Taylor sah sie mit großen Augen an. Er trug eine dunkle Hose und ein weißes, kurzärmliges Hemd. In der Hand hielt er einen bunten Frühlingsstrauß.

»Hi«, begrüßte Amy ihn lächelnd. Er antwortete nicht. Sein Blick glitt an ihr hinab und langsam wieder zurück zu ihrem Gesicht.

»Du ... meine Güte ... also du siehst ... Wahnsinn«, hauchte er. Amy musste sich ein Kichern verkneifen. Jessica hatte wirklich ganze Arbeit geleistet.

»Komm doch rein.« Sie machte eine einladende Geste. Ohne den Blick von ihr abzuwenden, trat er ein.

Dann schien er sich bewusst zu werden, dass er sie anstarrte, und blinzelte einige Male.

»Nette Wohnung«, sagte er schließlich und sah sich um.

»Und das, obwohl du bisher nur den Flur gesehen hast«, schmunzelte Amy. Den sonst so souveränen Taylor Morgan so unsicher zu sehen, nahm ihr selbst die Aufregung und steigerte ihr

Selbstbewusstsein.

»Wollen wir gleich los oder möchtest du noch etwas trinken?«, erkundigte sie sich mit fester Stimme.

Wieder blinzelte er, als müsste er sich mit aller Gewalt auf sie konzentrieren und sah anschließend auf seine teure Armbanduhr.

»Wir sollten vielleicht lieber los. Ich habe den Tisch etwas früher bestellt«, teilte er ihr mit.

»Okay, kein Problem«, entgegnete sie, nahm ihre kleine Handtasche und die Schlüssel von der Kommode.

»Ich hoffe, du magst italienisches Essen«, fragte er sich unsicher.

»Ich liebe es«, antwortete sie und schenkte ihm ein breites Lächeln. Sofort entspannte er sich merklich.

Er führte sie zu seinem schwarzen BMW, hielt ihr galant die Tür auf, bevor er selbst einstieg, und warf ihr während der Fahrt immer wieder verstohlene Blicke zu. Amy tat, als bemerkte sie dies nicht, jubilierte aber innerlich.

Sie fühlte sich schön und begehrenswert. Dieses Gefühl hatte Dylan ihr niemals gegeben. Amy verbot sich an ihn zu denken und beobachtete die vorbeiziehenden Häuser.

Die Fahrt dauerte eine Weile, bis sie schließlich in einem Londoner Vorort ankamen. Als sie vor dem sehr elegant wirkenden Restaurant anhielten und Taylor den Autoschlüssel dem restauranteigenen Parkdienst überreichte, wurde Amy für einen kurzen Moment mulmig zumute.

Von edlen Restaurants, in denen es Austern, Kaviar und all das andere Reichen-Futter gab, hatte sie eigentlich die Nase voll. Doch als sie ins Innere traten, verflog ihre Unruhe und Amy fühlte sich sofort wohl.

Ein echter italienischer Kellner führte sie zu ihrem Tisch, der sich ganz hinten in einer gemütlichen Nische befand. Er zündete die Kerze an, legte die Speisekarten auf den Tisch und nahm ihre Getränkebestellungen entgegen.

Als er davoneilte, sah Amy sich um. Das ganze Restaurant war mediterran eingerichtet, mit einem Netz unter der Decke, in dem künstliche Hummer, Seesterne und Muscheln auf sie herabblickten.

Leise, landestypische Musik lief im Hintergrund und ein zarter Pizzaduft lag in der Luft.

»Es ist schön hier«, sagte sie, um das Schweigen zu brechen.

»Ja, nicht wahr? Ich habe es vor einigen Monaten durch Zufall entdeckt und seither zieht es mich immer wieder hierher. Es gibt in ganz London keine bessere Pizza und auch die Pasta ist hier ausgezeichnet.«

Erneut folgte ein fast unerträgliches Schweigen. Amy knubbelte überhängendes Wachs von der Kerze und Taylor richtete sein Besteck neu aus.

Schließlich ließ sie von der Kerze ab und sah auf.

»Ich war überrascht, als du dich gemeldet hast«,

verriet sie. Nun nahm auch Taylor die Finger vom Besteck und erwiderte ihren Blick.

»Um ganz ehrlich zu sein, habe ich die letzten Wochen ununterbrochen an dich denken müssen. Irgendwann habe ich mich aufgerafft, meinen Mut zusammengenommen und dich einfach angerufen. Mehr als absagen konntest du ja nicht.« Sein schiefes Lächeln gefiel ihr.

Er hatte also an sie denken müssen. Amy schmunzelte. Sein offensichtliches Interesse an ihr tat ungemein gut und doch war da auch noch eine andere Stimme, tief in ihr, die ihr warnend zurief, dass sie sich auf nichts einlassen sollte, was sie später bereuen könnte.

"Hast du denn nichts aus dem Debakel mit Dylan gelernt? Seine Mutter kann dich nicht leiden und dann gibt es noch Tracy!"

Ihre innere Stimme warnte sie eindringlich und sie hatte recht. Allein der Gedanke, dass Amy ein weiteres Mal auf Mrs Morgan treffen würde, verursachte ihr eine Gänsehaut. Ihr Verstand riet ihr, nichts mit Taylor anzufangen, aber ihr Herz sagte ihr etwas völlig anderes.

»Was ist los?«, erkundigte sich Taylor, dem Amys grüblerische Falten auf der Stirn nicht entgangen waren. Sie sah ihm in die Augen und musste ein zufriedenes Seufzen unterdrücken.

Seine haselnussbraunen Augen musterten sie interessiert und es lag so viel Wärme in ihnen, dass Amy am liebsten alle Warnungen beiseitegeschoben hätte und ihm um den Hals gefallen wäre.

Sie entschied sich, nicht weiter um den heißen Brei herumzureden und ihm stattdessen zu sagen, was sie dachte.

»Ich habe nur eben das Für und Wider abgewägt«, erklärte sie. Er zog eine Augenbraue in die Höhe und sah sie verwundert an.

»Ich verstehe nicht so recht, was du mir damit sagen willst«, gestand er.

»Naja, wenn ich es richtig verstanden habe, dann hegst du ein gewisses Interesse an mir.« Sie verzog angewidert das Gesicht. Was redete sie da für einen geschwollenen Müll? »Und mir geht es genauso«, fügte sie rasch hinzu. Sein Gesicht hellte sich auf.

»Wo liegt dann das Problem?«, erkundigte er sich.

»Es ist ... also die Woche bei deinen Eltern hat mir gezeigt ... dass ... es ist ...«, stammelte sie unbeholfen. Sie hatte keine Ahnung, wie sie es ausdrücken sollte.

»Du fühlst dich wie Aschenputtel und ich bin der Prinz«, half er ihr auf die Sprünge. Amy nickte, musste bei seiner Wortwahl jedoch lachen.

Taylor seufzte und schüttelte amüsiert den Kopf.

»Was ist?«, wollte sie wissen. Machte er sich über sie lustig?

»Warum redest du dir so etwas ein? Ich bin ein ganz normaler Mensch, so wie du auch. Nur mit dem Unterschied, dass ich reiche Eltern habe, die mir einen gehobenen Lebensstil ermöglichen. Dafür kann ich nichts. Ich wohne schon seit Jahren nicht mehr zu Hause und führe mein eigenes Leben und ich entscheide selbst, mit wem ich zusammen sein will. Nur weil ich das Glück habe, dass ich in ein wohlhabendes Elternhaus geboren wurde, bin ich noch lange nichts Besseres. Ganz im Gegenteil, mir ist ein hart arbeitender Bauarbeiter lieber, als einer dieser reichen Sesselpupser, die nicht wissen, was körperliche Arbeit bedeutet.«

Amy sah ihn mit großen Augen an. Anscheinend hatte sie Taylor falsch eingeschätzt.

»Tut mir leid«, murmelte sie verlegen und kam sich plötzlich unendlich dumm vor.

»Das muss es nicht. Mich wundert nicht, dass du so denkst, nachdem du meine Mom kennengelernt hast. Aber ich bin nicht so. Außerdem habe ich dir keinen Heiratsantrag gemacht. Ich würde mich nur einfach freuen, wenn wir uns etwas besser kennenlernen. Eine unverfängliche Freundschaft. Wer weiß, was sich mit der Zeit daraus ergibt. Für den Anfang sollten wir einfach jeden Tag genießen, ganz ohne Verpflichtungen«

»Das hört sich gut an«, stimmte sie zu und schenkte ihm ein aufrichtiges Lächeln.

Von diesem Moment an war das Eis gebrochen und es wurde ein wunderschöner Abend. Sie tranken Wein, aßen Pizza und lachten über die Bemerkungen des anderen. Es war, als hätte es den

Ausflug zur Hochzeit niemals gegeben. Ein Neuanfang für beide.

Taylor parkte den Wagen auf dem Seitenstreifen, stellte den Motor ab und sah Amy an. Ihr Herz schlug Purzelbäume, als sie seinen fragenden Blick erkannte. Wartete er darauf, dass sie ihn mit nach oben bat? Amy schluckte.

»Willst du noch auf einen Kaffee mit nach oben kommen?«, fragte sie unsicher. Im selben Augenblick kam sie sich unheimlich dumm vor. Sie hörte sich an, wie in einem billigen Liebesfilm. Ein Grinsen breitete sich auf seinem Gesicht aus.

»Sehr gerne«, antwortete er. Er stieg aus, umrundete den Wagen und hielt ihr die Tür auf.

»Wow, ein echter Gentleman. Da hat sich deine teure Schulbildung ja doch bezahlt gemacht«, gluckste sie amüsiert.

Er nahm ihre Hand in seine und zog sie mit sich. Amy kramte umständlich den Schlüssel aus ihrer Tasche und schloss die Haustür auf. Kichernd stiegen sie die Stufen nach oben. Als sie den letzten Treppenabsatz erreicht hatten, blieb Amy ruckartig stehen und erstarrte.

»Was ist?«, wollte Taylor wissen und sah sich suchend nach dem Grund für ihr plötzliches Verhalten um. Ein großer, blonder Mann saß an ihre Haustür gelehnt. Als er Amy erblickte, rappelte er sich auf und lächelte gequält.

»Hi Babe«, sagte Dylan. Taylor sah von ihm zu

Amy, die immer noch regungslos auf der Stufe hinter ihm stand.

»Wer ist das?«, fragte Taylor leise. Amy wollte etwas sagen, war aber nicht fähig ihre Lippen zu bewegen.

»Amy?« Taylors Stimme klang jetzt besorgt. Sie blinzelte die Starre hinfort und funkelte Dylan böse an.

»Du hast vielleicht Nerven hier aufzutauchen«, zischte sie aus zusammengepressten Zähnen. Dylan hob ergeben die Hände.

»Dass ich abgehauen bin, tut mir leid, aber ich hatte echt Panik. Aber wie es scheint, ist dir ja nichts passiert und wir können das Ganze vergessen.«

In diesem Augenblick schien auch Taylor zu begreifen, wer da vor ihm stand.

»Du bist dieses Arschloch, das sich nach Amys Sturz aus dem Staub gemacht hat?«, fragte er ungläubig.

Dylans Blick wanderte zu Taylor. Er sah aus, als hätte er erst jetzt gemerkt, dass Amy nicht allein war.

»Und wer bist du?«, blaffte er Taylor herausfordernd an.

»Ich bin der letzte Mensch, den du siehst, bevor du wieder lernst, feste Nahrung zu dir zu nehmen«, knurrte er und stürzte sich auf Dylan.

Kapitel 20

Amy reichte Taylor eine Tüte Eis, die sie in ein Handtuch gewickelt hatte.

»Sieht ganz schön übel aus«, bemerkte sie und deutete auf seine geschwollene Wange.

»Ist halb so wild«, antwortete er grinsend und presste sich das Eis auf die Schwellung. »Dein Ex hat wesentlich mehr abbekommen.«

Amy schauderte, als sie sich Dylans Gesicht in Erinnerung rief. Taylor hatte ihn sich richtig zur Brust genommen und dementsprechend lädiert war Dylan davongezogen.

Amy verabscheute Prügeleien, aber Dylan hatte bekommen, was er verdiente.

»Hoffentlich lässt er mich jetzt in Ruhe«, murmelte sie gedankenversunken. Taylor sah auf.

»Sollte er sich noch einmal in deine Nähe wagen, dann war das heute nur ein kleiner Vorgeschmack.«

»Ich bin froh, dass du hier warst«, gestand sie. Nicht auszudenken, was hätte passieren können, wenn sie alleine auf Dylan getroffen wäre. Dem Kerl war alles zuzutrauen.

»Ich auch«, antwortete Taylor und legte den Eisbeutel auf den Tisch, bevor er sich wieder zu Amy drehte und ihr lange in die Augen sah.

Unter seinem intensiven Blick begann ihr Körper

zu kribbeln und ihr Mund wurde mit einem Mal ganz trocken. Sie fuhr sich mit der Zunge über die Lippen, um diese zu befeuchten. Taylor verfolgte jede ihrer Bewegungen.

Amy wollte seinem Blick standhalten, es gelang ihr jedoch nicht. Sie starrte auf ihre Hände und biss sich verlegen auf die Unterlippe.

Taylor legte ihr einen Finger unter das Kinn und hob ihren Kopf, damit sie ihn ansehen musste. Er sagte kein Wort, sah sie einfach nur an. Seine Augen schienen die Frage zu stellen, ob er den nächsten Schritt wagen durfte oder lieber aufhören sollte. Amy nickte kaum merklich.

Er näherte sich ihr, bis sie seinen heißen Atem auf ihren Wangen spürte. Sie schloss die Augen und gab sich ganz diesem einen Augenblick hin. Seine Lippen berührten zärtlich die Stelle unter ihrem Ohr.

Als sie seine Zunge spürte, die sanft über ihren Hals strich, stöhnte sie leise auf.

»Ist das in Ordnung?«, versicherte er sich mit rauchiger Stimme.

»Völlig okay«, hauchte Amy. Sie war nicht fähig sich zu bewegen und ihr Mund fühlte sich an, als wäre er voller Watte. Taylors zärtliche Berührungen versetzten sie in eine wohlige Starre. Sie konnte nicht einmal mehr klar denken.

Schließlich fanden seine Lippen die ihren. Zärtlich knabberte er an ihrer Oberlippe. Amy öffnete erwartungsvoll den Mund und Taylor nahm ihre Einladung nur zu gerne an. Seine Zunge tastete sich vorsichtig heran, bis er ihre fand und neckisch mit ihr spielte.

Amy hielt es nicht länger aus. Sie schlang die Arme um Taylors Nacken und zog ihn mit einem einzigen Ruck zu sich.

»Das wollte ich schon tun, seit ich dich zum ersten Mal sah«, flüsterte er, ohne den Kuss zu unterbrechen.

»Dann hast du dich aber gut verstellt«, murmelte sie leise. Er lachte und zog sie enger an sich.

Als sein Kuss fordernder und leidenschaftlicher wurde, verabschiedete sich Amys Verstand endgültig. Sie schob alle Warnungen ihrer inneren Stimme beiseite und gab sich ganz diesem wundervollen Augenblick hin.

Plötzlich hob er sie hoch. Amy quietschte, als er sich zusammen mit ihr erhob, und schlang die Arme um seinen Nacken.

»Wo ist dein Schlafzimmer?«, erkundigte er sich mit erregter Stimme.

»Zweite Tür rechts.«

Während er sie durch den Flur trug, knabberte sie herausfordernd an seinem Hals. Im Schlafzimmer angekommen ließ er sie sanft auf dem Bett nieder.

Im Zimmer selbst war es dunkel, aber durch die Tür fiel ein schmaler Lichtschein, direkt auf Amys Gesicht. Er hielt inne und sah sie einige Sekunden lang an.

»Du bist wunderschön«, sagte er schließlich. Dabei klang seine Stimme ungemein sanft. Sie lächelte, wusste aber nicht so recht, was sie darauf erwidern sollte. Schließlich kam ihr ein zaghaftes »Danke«, über die Lippen. Sein Lächeln wurde zu einem Grinsen, ehe er sich wieder zu ihr beugte und sie küsste.

Amys Gefühle fuhren Karussell. Je länger Taylor sie küsste, desto ungeduldiger wurde sie. Sie wollte mehr, ihn in sich spüren und sich ihm ganz hingeben.

Als er sich vorsichtig auf sie legte und sie zwischen ihren Beinen seine Erregung spüren konnte, hielt sie es kaum noch aus. Sie wölbte ihm ihre Hüften entgegen.

Er gab ein tiefes, zufriedenes Brummen von sich, das in jeder Faser ihres Körpers vibrierte.

Amy streichelte seinen Rücken und spürte jeden angespannten Muskel unter ihren Fingern.

Seine Hand glitt an ihr hinab. Er schob ihr Kleid nach oben und zwischen ihren Beinen hielt er inne, bevor er aufreizend ihre empfindlichste Stelle rieb. Amy keuchte auf und reckte Taylor die Hüften noch stärker entgegen.

»Ich will dich spüren«, flüsterte sie in sein Ohr. Er antwortete nicht, sondern fuhr seitlich unter ihren Slip.

»Meine Güte«, stöhnte Amy. Seine Finger spielten auf ihr, wie auf einem Instrument.

»Ich kaufe dir einen Neuen«, sagte er leise. Sie wusste im ersten Moment nicht, was er ihr damit sagen wollte, doch als Taylor ihren Slip zerriss und ihn zu Boden schleuderte, verstand sie.

Unbeholfen versuchte sie den Knopf seiner Hose zu öffnen, doch da er auf ihr lag, war es fast unmöglich. Er stemmte sich mit den Armen nach oben, damit sie es einfacher hatte. Zielsicher öffnete sie Knopf und Reisverschluss. Taylor erhob sich und streifte sich seine Hose und die Boxershorts ab. In Windeseile hatte er seinen Körper von sämtlicher Kleidung befreit und legte sich neben sie.

Amy konnte einen kurzen Blick auf seine Männlichkeit werfen. Taylor hatte eine ganze Menge zu bieten und sie konnte kaum abwarten, wie er sich in ihr anfühlte.

»Ich habe Kondome in meiner Hosentasche«, erklärte Taylor. Amy nickte. Sie nahm zwar noch die Pille, aber die schützte leider nicht vor diversen Krankheiten.

Taylor löste sich von ihr und stand auf. Sie hörte Papier knistern und kurz darauf war er wieder bei ihr.

Als er sich erneut zwischen ihren Beinen positionierte, hielt er kurz inne, als wolle er ihr die Möglichkeit geben, sich doch noch anders zu entscheiden. Amy lächelte, packte ihn an den Hüften und zog ihn näher. Dann drang er in sie ein.

Als er sie vollständig ausfüllte, verharrte er, damit sie sich an seine Größe gewöhnen konnte. Als er glaubte, dass dies der Fall war, begann er sich langsam zu bewegen.

Amy verlor fast den Verstand. Noch niemals zuvor hatte sie eine derartige Lust beim Sex empfunden, wie in diesem Augenblick.

Sie reckte sich ihm entgegen.

»Mehr, ich will mehr«, hauchte sie fordernd. Das ließ Taylor sich nicht zweimal sagen. Er packte sie an den Hüften, stieß hart zu und zog sie bei jedem Stoß fest gegen sich.

Seine Bewegungen wurden immer schneller und härter.

»Mein Gott, du bringst mich völlig um den Verstand«, knurrte er. »Ich kann mich nicht mehr lange zurückhalten«, warnte er sie, ohne den Rhythmus zu unterbrechen.

»Dann tu es nicht«, stöhnte sie. Er küsste sie leidenschaftlich, bevor er noch tiefer in sie drang.

Amy glaubte zu explodieren, als der Höhepunkt wie eine Welle über ihr einschlug. Fast im gleichen Moment bäumte auch Taylor sich ein letztes Mal auf, schrie ihren Namen und sackte schließlich erschöpft auf ihr zusammen.

»Das war ... das war unglaublich«, flüsterte er heiser und bedeckte ihr Gesicht mit unzähligen Küssen.

»Mmmhh«, stimmte sie zu und strich sanft mit den Fingern über seinen muskulösen Rücken. Sie blieben noch eine ganze Weile so liegen, ehe er aus hier herausglitt, sich neben sie legte und Amy an sie zog.

Sie legte ihren Kopf auf seine Brust und seufzte zufrieden.

Sie scheuchte jeden noch so kleinen Zweifel hinfort. Sie wollte sich jetzt keine Gedanken machen, ob das, was sie eben getan hatte, richtig oder falsch gewesen war.

Amy wollte nur das Hier und Jetzt genießen.

Sie wollte sich keine Gedanken machen oder das Für und Wider jeder Entscheidung abwägen. Sie lebte von nun an in der Gegenwart und nicht für die Zukunft. Sie hatte eben den besten Sex ihres Lebens gehabt. Was daran konnte denn falsch sein? Ob sich daraus mehr entwickeln konnte, würde sich zeigen.

Sie sog seinen männlichen Duft ein und schloss die Augen. Taylor zog Amy noch dichter zu sich, als wolle er sie nie wieder loslassen und küsste sie sanft auf die Stirn. Diese besitzergreifende Geste ließ ihren Magen Purzelbäume schlagen.

Lange lagen sie einfach nur so da, hingen ihren Gedanken nach, bis die Müdigkeit schließlich siegte und sie fest aneinander gekuschelt einschliefen.

Amy schlug die Augen auf und sah sich verwirrt um. Erleichtert stellte sie fest, dass sie in ihrem Bett lag, und fiel entspannt zurück ins Kissen.

In den letzten Wochen war sie des Öfteren aufgewacht und hatte geglaubt, sich noch im Haus der Morgans zu befinden, was ihr jedes Mal einen riesigen Schreck eingejagt hatte.

Draußen war es bereits hell. Ganz langsam erwachte auch ihr Denkvermögen aus dem Tiefschlaf und somit kamen auch die Erinnerungen an den gestrigen Abend zurück. Sie warf einen raschen Blick auf den Platz neben sich im Bett.

Dort lag lediglich eine zerknüllte Decke. Taylor war weg. Enttäuschung wallte in ihr auf, als sie begriff, dass er gegangen war, ohne sich von ihr zu verabschieden.

Natürlich war ihr bewusst gewesen, auf was sie sich da eingelassen hatte, schließlich hatte sie Taylor selbst zugestimmt, als er gesagt hatte:

»Für den Anfang sollten wir einfach jeden Tag genießen, ganz ohne Verpflichtungen«, aber die leere Matratze neben sich zu sehen, tat doch irgendwie weh.

Amy musste sich eingestehen, dass sie gerne in Taylors Armen aufgewacht wäre. In seiner Nähe fühlte sie sich sicher und geborgen.

Enttäuscht stand sie auf, zog ihren Morgenmantel an und schlenderte zur Küche. Sie würde sich erst einmal einen starken Kaffee machen und danach ein ausgiebiges Bad nehmen.

Plötzlich stieg ihr ein köstlicher Duft in die Nase. Amy blieb stehen und schnupperte.

Es roch nach Eiern und angebratenem Speck. Ihr Herz begann zu rasen. War Taylor etwa noch hier?

Sie öffnete vorsichtig die Tür. Taylor stand am Herd. Er trug lediglich seine Boxershorts und lud gerade eine Portion Rühreier auf zwei Teller. Als er sie bemerkte, sah er über die Schulter und sein Lächeln ließ sie weiche Knie bekommen.

»Guten Morgen. Ich wollte dich gerade wecken. Das Frühstück ist fertig.«

»Wow, das sieht lecker aus«, war alles, was Amy herausbrachte. Innerlich jubilierte alles in ihr, weil er doch nicht gegangen war.

»Setz dich«, forderte er sie auf. Nachdem sie Platz genommen hatte, stellte er die Teller auf den Tisch, goss beiden Kaffee ein und setzte sich ihr gegenüber.

»Danke«, sagte Amy und schob sich eine gehäufte Gabel Rührei in den Mund.

»Ich dachte, nach dieser Nacht könntest du eine kleine Stärkung vertragen«, entgegnete er. Amy lief dunkelrot an, als sie sich an den sagenhaften Sex mit Taylor erinnerte. Am liebsten wäre sie quer über den Tisch gesprungen und erneut über ihn hergefallen.

Taylor beugte sich über den Tisch und legte seine Hand auf ihre.

»Es war wunderschön«, sagte er leise. Sie nickte und biss rasch ein Stück Toast ab, um nicht antworten zu müssen. »Was hältst du davon, wenn wir heute etwas unternehmen?«, schlug er vor.

Fast hätte Amy sich an ihrem Toast verschluckt. Er wollte den Tag mit ihr verbringen!

»Gerne«, antwortete sie. »An was hast du gedacht?«

Ein breites Grinsen legte sich auf seine Züge.

»Ich finde, es wird Zeit, dass dir jemand das Schwimmen beibringt.«

Bei Taylors Worten sog Amy scharf die Luft ein. Dabei verschluckte sie sich nun doch und begann heftig zu husten. Er stand auf und klopfte ihr behutsam auf den Rücken, bis der Hustenanfall vorüber war.

»Geht es wieder?«

Sie nickte und sah ihn mit großen Augen an.

»Du willst mir Schwimmen beibringen?«, fragte sie nach, in der Hoffnung, sich verhört zu haben.

»Warum nicht? Der Gedanke, du könntest noch einmal fast ertrinken, weil du nicht schwimmen kannst, gefällt mir nämlich ganz und gar nicht.«

Seine Worte waren wie Balsam für ihre Seele. Ihm lag etwas an Amy und diese Tatsache tat ungemein gut. Sie lächelte zaghaft und nickte schließlich.

»Gut, dann gehen wir schwimmen«, stimmte sie zu.

Kapitel 21

Die darauf folgenden Wochen vergingen wie im Flug. Taylor und Amy unternahmen viel gemeinsam und hatten dabei extrem viel Spaß.

Nach zwei Besuchen im Freibad konnte Amy sich halbwegs über Wasser halten. Jauchzend schwamm sie, solange sie es sich zutraute, und Taylor musste sie förmlich zwingen, das Wasser wieder zu verlassen.

Amy war überglücklich und genoss jede Minute mit Taylor. Er überraschte sie mit einem Picknick im Park, führte sie zum Essen aus und war auch sonst der perfekte Freund. Vom Sex ganz zu schweigen, der natürlich auch nicht zu kurz kam. Wobei sich Amy noch immer nicht ganz sicher war, ob die beiden jetzt fest zusammen waren oder nicht.

Amy war rundum glücklich und konnte diesen Gefühlszustand vor niemandem verbergen. Doch mit der Zeit machte sich tief in ihr eine seltsame Unzufriedenheit breit.

Sie wusste niemals so recht, woran sie bei ihm war. Er wollte eine unverfängliche Freundschaft, ohne Verpflichtungen, aber Amy war das mittlerweile nicht mehr genug, auch wenn sie es sich immer einzureden versuchte.

Nach ein paar Wochen wollte sie mehr, doch

war auch er bereit, den nächsten Schritt zu tun? Inzwischen war sie sich sicher, dass ihre Gefühle für Taylor tiefer gingen, als sie geglaubt hatte, wagte es aber nicht, ihm dies zu gestehen, aus Angst, sie würde ihn damit vergraulen.

Immer, wenn er sie mit seinen haselnussbraunen Augen so liebevoll ansah, hätte sie am liebsten laut hinausgeschrien, dass sie sich in ihn verliebt hatte, doch sie tat es nicht.

Jessica war die Erste gewesen, die bemerkt hatte, was los war. Vor ihrer besten Freundin konnte Amy nichts verbergen. Jessy freute sich mit Amy und plante in Gedanken schon die Hochzeit der beiden.

Natürlich hatten ihre Aktivitäten mit Taylor auch zur Folge, dass sie weniger mit Jessica unternahm. Doch die war keineswegs böse oder enttäuscht, denn sie hatte selbst jemanden »an der Angel«, wie sie Amy zwinkernd mitteilte.

Von Dylan hörte und sah Amy nichts mehr, wofür sie sehr dankbar war. Anscheinend hatten Taylors schlagkräftige Argumente ihn endlich überzeugt, dass es keinen Sinn hatte, Amy weiter nachzustellen.

Seit ihrer ersten gemeinsamen Nacht waren nun fast vier Wochen vergangen. Taylor und Amy hatten sich fast jeden Tag gesehen und er war mittlerweile schon ein fester Bestandteil ihres Lebens.

Natürlich hoffte sie, dass auch er so fühlte, war

sich aber noch immer nicht ganz sicher. Er verhielt sich ihr gegenüber zuvorkommend und war ein überaus zärtlicher Liebhaber, aber er sagte ihr niemals, was er fühlte und wie es zwischen ihnen weitergehen sollte. Das verunsicherte sie.

Vor zwei Tagen war Taylor geschäftlich ins Ausland geflogen und schon von dem Augenblick an, als sie ihn am Flughafen verabschiedet hatte, vermisste sie ihn fürchterlich.

Unterdessen hatte sich der Sommer verabschiedet und mit ihm auch das wunderbare Wetter. Der September präsentierte sich verhältnismäßig warm, doch die Nächte wurden zunehmend kühler.

Amy vermisste Taylor. Abends saß sie in eine Decke gehüllt auf der Couch und sah fern oder las gelangweilt in einem Buch.

Endlich war Freitag und Taylor würde wieder zurückkommen. Auf der Arbeit war Amy unkonzentriert, denn ihre Gedanken drehten sich nur um ihr Wiedersehen mit ihm. Sie wollte ihn überraschen und überlegte fast den kompletten Vormittag, wie sie das anstellen konnte.

Taylor hatte ihr zwar mitgeteilt, dass er sich sofort nach seiner Ankunft ins Bett legen wollte, da er in den letzten Tagen nur wenig geschlafen hatte, aber er würde seine Meinung schon ändern. Spätestens dann, wenn sie in ihren neuen Dessous vor ihm stand, die sie sich gekauft hatte.

Kurz vor zwölf hatte sie endlich die perfekte Idee. Sie würde zu ihm nach Hause fahren und Taylor etwas Leckeres kochen.

Sie nutzte ihre einstündige Mittagspause, um alles für das Abendessen einzukaufen. Amy war zwar nicht die beste Köchin, aber etwas Adäquates würde sie schon hinbekommen. Mit zwei vollgepackten Tüten verließ sie den Supermarkt.

Sie warf einen kurzen Blick auf die Uhr. Amy hatte noch fast eine halbe Stunde Zeit. Sie sah auf die schweren Tüten und runzelte die Stirn. Der Kühlschrank im Aufenthaltsraum des Friseursalons war nicht groß genug, um dort alles zu verstauen und die Lebensmittel den restlichen Tag ungekühlt aufzubewahren, war sicher keine gute Idee.

Sie zog ihr Handy aus der Tasche und drückte Jessicas Kurzwahlnummer. Die Wohnung ihrer besten Freundin lag nur zwei Straßen von Taylors Apartment entfernt. Vielleicht konnte sie ihre Einkäufe bei Jessica deponieren und heute Abend auf dem Weg zu Taylor dort wieder abholen. Jessica besaß einen großen, amerikanischen Kühlschrank, der fast immer halb leer war, da ihre Freundin kaum kochte. Jessy sagte immer »Warum soll ich mich an den Herd stellen, wenn ich mir bei einem Lieferservice etwas Leckeres bestellen kann!«

Jessica willigte sofort ein und Amy winkte sich ein Taxi herbei. Öffentliche Verkehrsmittel würden zu lange dauern und außerdem ging es ihr finanziell wieder besser, seit sie nicht mehr mit Dylan zusammen war.

Zehn Minuten später stand sie vor Jessicas Wohnungstür. Sie klingelte und kurz darauf wurde die Tür geöffnet.

»Hi«, begrüßte sie ihre Freundin und drückte ihr zwei Küsschen auf die Wange.

»Du hast Glück, dass ich kaum zum Einkaufen komme und in meinem Kühlschrank gähnende Leere herrscht«, kicherte Jessica und nahm Amy eine der Tüten ab. Dann verzog sie das Gesicht und deutete mit einem Kopfnicken in die Richtung des Wohnzimmers.

»Ich habe übrigens Besuch«, flüsterte sie.

»Dein Schwarm?«, wollte Amy wissen. Jessica schüttelte den Kopf.

»Tracy. Sie stand einfach vor meiner Tür und jetzt werde ich sie nicht mehr los.«

Als Amy Tracys Namen hörte, versteifte sie sich. Sie hasste Taylors Exfreundin. Auch wenn die beiden vor ihrer Zeit zusammen gewesen waren, so spürte sie doch diesen winzigen Stich der Eifersucht, sobald es um diese Frau ging.

»Was will die denn hier?«, fragte sie abfälliger als beabsichtigt. Jessica zuckte mit den Achseln.

»Angeblich war sie in der Nähe und wollte mir einen Höflichkeitsbesuch abstatten. Wer´s glaubt, wird selig. Seit über einer Stunde fragt sie mir nun schon Löcher in den Bauch.«

»Was will sie denn wissen?«

Jessica schwieg einem Moment und schien darüber nachzudenken, was sie ihrer Freundin verraten sollte, doch dann seufzte sie laut.

»Es geht um Taylor. Sie fragte, was er so macht, mit wem er zusammen ist und all dieses Zeug.«

Amy erstarrte in der Bewegung. Weshalb erkundigte sie Tracy nach Taylor?

»Hast du ihr von mir und Taylor erzählt?«

Jessica nickte.

»Klar, ist ja schließlich kein Geheimnis. Als ich es ihr sagte, sah sie aus, als hätte sie in etwas sehr Bitteres gebissen«, kicherte sie mit vorgehaltener Hand. Jessy sah auf die Tüte in ihrer Hand. »Komm, wir verstauen das ganze Zeug im Kühlschrank.« In Richtung Tracy rief sie: »Bin gleich wieder da.«

Nachdem sie alles eingeräumt hatten, gingen die beiden Freundinnen ins Wohnzimmer, wo Amy Tracy auf dem Sofa vorfand, die gelangweilt in der neuesten Ausgabe der Vogue blätterte.

Sie trug ein dunkelgrünes, elegantes Kostüm, das mit ihren roten Haaren harmonierte, die sie locker nach oben gesteckt hatte. Ihr Make-up war perfekt und ließ Tracys Gesicht wirken, als sei es aus Porzellan. Amy wünschte sich insgeheim, es sei genauso zerbrechlich, wie es aussah. Ein gezielter Schlag und ...

Sie sah verstohlen an sich herab und kam sich mit ihrer Jeans und dem roten T-Shirt irgendwie underdressed vor.

»Hi Tracy.« Amy gab sich alle Mühe, nicht unhöflich zu klingen. Die rothaarige Frau sah auf. Als sie Amy erblickte, zog sie eine Braue nach oben und spitzte den Mund, als müsste sie überlegen, woher sie Amy kannte. Plötzlich lächelte sie gekünstelt.

»Jetzt erinnere ich mich. Du warst auf der Hochzeit. Du bist Anne, nicht wahr?«

»Amy, ich heiße Amy.«

»Ach ja, stimmt. Diesen Namen kann ich mir einfach nicht einprägen, da er so gewöhnlich ist.«

Amy ignorierte die Bemerkung und gab sich ganz lässig, auch wenn sie innerlich kochte. Sie nahm auf dem Sessel Platz.

»Ich muss gleich wieder los«, sagte sie an Jessica gerichtet. »Meine Mittagspause ist in ...«, sie warf einen Blick auf ihre Uhr, »in fünfzehn Minuten um.«

»Wirklich schade«, seufzte Jessica leise und warf Tracy einen vernichtenden Blick zu. Anscheinend konnte sie kaum erwarten, dass diese Frau wieder ihre Wohnung verließ.

Eine Sekunde später plärrte Pink durch den ganzen Raum. Amy zog ihr Handy aus ihrer Tasche. Auf dem Display leuchtete Taylors Nummer auf.

»Hi«, meldete sie sich.

»Hi. Ich wollte dir nur sagen, dass ich heute Abend um sechs Uhr landen werde, wenn nichts dazwischenkommt. Sollte ich doch nicht rechtzeitig hier wegkommen, muss ich eine spätere Maschine nehmen und werde erst gegen acht Uhr zu Hause sein. Ich schicke dir auf jeden Fall eine kurze SMS, wenn ich am Flughafen bin. Bleibt es dabei, dass wir uns morgen sehen?« Er klang erwartungsvoll.

»Natürlich, ich kann es kaum erwarten«, antwortete Amy und beobachtete aus dem Augenwinkel, wie sich Tracys Miene verdüsterte.

»Fein, dann also bis später. Ich vermisse dich«, sagte Taylor und in seiner Stimme lag so viel Zärtlichkeit, dass Amy das Herz aufging.

»Ich vermisse dich auch«, entgegnete sie extra laut, bevor sie das Gespräch wegdrückte. Sie legte das Handy auf den kleinen Tisch zwischen Sofa und Sessel und nahm einen Schluck von dem Wasser, das Jessica ihr hingestellt hatte.

Sollte Taylor eine spätere Maschine nehmen, würde Amy so lange bei Jessica warten müssen, denn sie besaß keinen Schlüssel für Taylors Apartment.

Eine weitere Tatsache, die ihr Kopfzerbrechen bereitete. Sie selbst hatte ihm vor über einer Woche ihren Zweitschlüssel anvertraut, damit er nicht immer klingeln musste, doch er hatte diese Geste des Vertrauens nicht erwidert.

Amy hatte fest damit gerechnet, dass auch Taylor ihr einen Schlüssel für seine Wohnung geben würde, doch dem war nicht so.

»Und, wann kommt er zurück?«, erkundigte sich ihre Freundin neugierig.

»Heute Abend, aber er kann noch nicht sagen, welchen Flug er nimmt. Sobald er am Flughafen ist, schickt er mir eine SMS.«

»Und dann fährst du zu ihm und kochst etwas Leckeres«, stellte Jessica fest und warf einen triumphierenden Blick zu Tracy, die immer säuerlicher dreinblickte.

»Ja, ich will ihn überraschen«, antwortete Amy. »Falls er später zurückkommt, kann ich dann so lange bei dir warten?«, fragte sie an ihre Freundin gewandt.

»Na klar, kein Problem. Du bist hier immer Willkommen.«

Amy sah auf die Uhr und fuhr erschrocken hoch.

»Ach du liebe Zeit, schon so spät. Meine Mittagspause ist gleich zu Ende. Ich muss los. Ich melde mich, sobald ich weiß, wann Taylor landet«, sagte sie.

Amy verabschiedete sich mit einer herzlichen Umarmung von Jessica. Tracy nickte sie kurz zu, als sie die Wohnung verließ.

Der Nachmittag verging wie im Flug, da Amys Terminkalender bis zum Bersten gefüllt war. Sie hetzte von einer Kundin zur anderen und gab dem Lehrling Anweisungen, der ihr zur Hand ging.

Als ihre letzte Kundin unter der Trockenhaube saß, atmete Amy erleichtert auf und ließ sich seufzend auf einen Stuhl im Aufenthaltsraum fallen.

Sie war fix und fertig und ihre Füße schmerzten vom langen Stehen. Als sie daran dachte, dass sie heute noch kochen wollte, schloss sie stöhnend die Augen. Nach Kochen war ihr jetzt gar nicht zumute.

Aber sie hatte sich die Suppe eingebrockt und musste sie nun auch auslöffeln, schließlich hatte sie schon alles für ihr romantisches Essen besorgt.

Plötzlich schoss ihr ein Gedanke durch den Kopf. Wieso hatte sich Taylor eigentlich noch nicht gemeldet? Sie sah auf die Uhr. Es war fast sechs Uhr. Würde er es doch nicht rechtzeitig schaffen?

Amy wühlte in ihrer Handtasche nach dem Handy, konnte es aber nicht finden. Stirnrunzelnd durchsuchte sie den ganzen Salon, doch es tauchte einfach nicht auf. Hatte sie es womöglich bei Jessica vergessen? Das fehlte gerade noch.

Hektisch lief sie zur Rezeption, nahm den Telefonhörer und wählte die Nummer ihrer besten Freundin. Hoffentlich war das Handy dort, denn sonst hätte sie ein echtes Problem.

Doch bei Jessica war es nicht. Ihre Freundin hatte das ganze Wohnzimmer abgesucht, ohne Erfolg.

»Vielleicht hast du es im Taxi liegen lassen«, spekulierte Jessy.

»Keine Ahnung, schon möglich. Was mache ich denn jetzt?«

»Ruf Taylor doch vom Laden aus an.«

»Ja, wird wohl das Vernünftigste sein. Wir sehen uns nach der Arbeit«, sagte sie. Amy musste ja so oder so bei Jessy vorbeischauen, um ihre Einkäufe abzuholen, die sie dort deponiert hatte.

»Ich laufe nicht weg«, gab Jessy belustigt zurück.

Amy beendete das Telefonat und wählte stirnrunzelnd Taylors Nummer. Während sie darauf wartete, dass er das Gespräch annahm, versuchte sie sich zu erinnern, wo sie ihr Handy vergessen haben könnte.

Sie wusste noch, dass sie es bei Jessica auf den kleinen Tisch gelegt hatte, aber dort war es nicht. Hatte sie es womöglich wirklich im Taxi verloren?

Taylors Mailbox schaltete sich ein und der Standardtext, den sie schon auswendig kannte, ertönte. Amy legte auf und sah nachdenklich auf den Hörer in ihrer Hand.

Dass Taylor nicht selbst rangegangen war, konnte nur bedeuten, dass er bereits im Flieger saß. Denn sonst schaltete er nie seine Mailbox ein. Das wiederum bedeutete, dass er früher nach Hause kommen würde und sie direkt zu ihm fahren konnte. Ihre Stimmung hellte sich wieder etwas auf.

Anschließend wählte sie ihre eigene Handynummer. Vielleicht meldete sich ja der ehrliche Finder und sie könnte ihr Telefon bald irgendwo abholen. Nach fünf Freizeichen schaltete sich ihre eigene Mailbox ein.

Sie sprach einen schnellen Text aufs Band, in

dem sie mitteilte, unter welcher Nummer sie zu erreichen sei und bat darum, dass man sich bei ihr melden sollte.

Nachdenklich knabberte sie auf ihrer Unterlippe. Plötzlich schoss ihr ein Gedanke durch den Kopf. Da gab es ja noch das Ortungssystem ihres Providers, mit dem auch Dylan sie ausfindig gemacht hatte. Doch dazu benötigte sie das Passwort.

Amy nahm sich fest vor, danach zu suchen, wenn sie wieder zu Hause war. Sie war sich sicher, dass sie die Zugangsdaten irgendwo abgeheftet hatte.

Nachdem ihre letzte Kundin zufrieden den Salon verlassen hatte, konnte Amy endlich Feierabend machen.

Kapitel 22

Es war kurz vor sieben, als Amy bei Taylors Wohnung eintraf. Ihr Handy war immer noch wie vom Erdboden verschluckt, obwohl die beiden Freundinnen Jessicas komplettes Wohnzimmer auf den Kopf gestellt hatten. In Jessicas Wohnung hatte sie noch einmal versucht, Taylor zu erreichen, doch erneut hatte sich wieder nur die Mailbox gemeldet.

Sie konnte nur hoffen, dass er inzwischen zu Hause angekommen war und nur vergessen hatte, sein Handy wieder einzuschalten.

Amy schleppte ihre Einkäufe in den ersten Stock und stellte sie vor Taylors Wohnungstür ab, ehe sie den Klingelknopf drückte. Von drinnen hörte sie Schritte und musste schmunzeln. Er war also zurück. Erwartungsvoll sah sie auf die Tür und konnte kaum erwarten, ihm um den Hals zu fallen.

Die Schritte wurden lauter und schließlich öffnete sich die Tür. Gleich würde sie in seine warmen, haselnussbraunen Augen blicken.

Doch es war nicht Taylor, der die Tür öffnete, sondern Tracy, die sie hämisch grinsend anfunkelte. Amy stand reglos da, den Mund weit geöffnet und versuchte zu begreifen, was das hier zu bedeuten hatte. Was machte diese Ziege hier und weshalb hatte sie ein Handtuch um den Kopf gewickelt? Ihr Blick wanderte an Tracy hinab und nur mit viel Willenskraft konnte Amy ein entsetztes Aufkeuchen unterdrücken.

Tracy war nackt und hatte sich lediglich ein knappes Handtuch um den Körper gewickelt. Auf ihrer Haut erkannte Amy unzählige Wasserperlen, die im Schein der Flurlampe glitzerten.

»Was hast du hier zu suchen?«, wollte Amy wissen, die endlich ihre Stimme wiedergefunden hatte. Tracy zog die Brauen nach oben und sah Amy triumphierend an.

»Ich glaube nicht, dass dich das etwas angeht«, zickte sie zurück. Amy machte einen Schritt zur Seite um einen besseren Einblick auf den Flur zu haben. War Taylor etwa auch hier? Sie hörte das Plätschern der Dusche und ihr Herz setzte für einen Schlag aus.

»Wo ist Taylor?«

»Unter der Dusche, wo auch ich bis eben noch war, bevor du geklingelt hast. Willst du warten, bis er fertig ist, oder soll ich ihm sagen, dass du hier bist?«

Amys Blick wanderte von der halb nackten Frau zur Badezimmertür und wieder zurück. Sie wollte nicht glauben, was hier gerade passierte, aber es war offensichtlich. Sie schluckte und versuchte die Tränen zurückzudrängen, die in ihr hochstiegen.

»Nicht nötig«, sagte sie schließlich mit brüchiger Stimme, drehte sich um und ging.

»Hey, was ist mit deinen Tüten?«, rief Tracy ihr

hinterher. Amy antwortete nicht. Sie wollte so schnell wie möglich von hier verschwinden.

Als sie auf die Straße trat, blieb sie stehen und atmete einige Male tief durch, um sich ein wenig zu beruhigen, doch es half nicht. Ihr Herz raste wie verrückt.

Ohne zu wissen, wohin sie eigentlich wollte, setzte sich Amy in Bewegung. Nachdem sie sich weit genug von Taylors Wohnung entfernt hatte, ließ sie ihren Tränen endlich freien Lauf.

Wie hatte ihr Taylor so etwas nur antun können? Und dann noch mit dieser eingebildeten Kuh. Deshalb hatte er ihr also vorgeschlagen, dass sie sich erst morgen treffen sollten. Weil er heute Zeit mit seiner Ex verbringen wollte.

Automatisch sah sie im Geiste die Bilder von Taylor und Tracy, wie sie sich innig küssten. Amy presste die Hand gegen ihren Magen. Bei dem Gedanken daran wurde ihr schlecht.

Auf der gegenüberliegenden Straßenseite entdeckte sie einen kleinen Park. Ein Ort, an dem sie um diese Zeit etwas alleine sein konnte. Amy überquerte die Straße, ohne auf das Auto zu achten, das laut hupend in die Bremsen trat.

Sie öffnete das kleine Türchen und lief zwischen den Bäumen entlang, bis sie eine Parkbank entdeckte. Laut schluchzend setzte sie sich und ließ sich erschöpft gegen die Rückenlehne fallen.

Sie schrie auf, als ein stechender Schmerz durch ihren Rücken schoss.

Amy begriff sofort, dass sich irgendetwas in ihre Haut gebohrt hatte. Sie wagte nicht, sich zu bewegen, aus Angst, das Ganze noch Schlimmer zu machen, als es vielleicht schon war. Still saß sie da, mit Tränen in den Augen und überlegte fieberhaft, was sie jetzt tun sollte.

Sie zog den Gedanken in Erwägung, einfach laut um Hilfe zu rufen, verwarf ihn jedoch sogleich wieder. Um so laut zu schreien, dass sie jemand hörte, musste sie tief Luft holen, was wiederum bedeutete, dass sich ihr Oberkörper bewegen würde. Schon jetzt waren die Schmerzen kaum auszuhalten und Amy versuchte, so flach wie möglich zu atmen.

Außerdem war weit und breit niemand zu sehen, der ihr hätte helfen können. Amy nahm allen Mut zusammen, den sie besaß.

Sie schloss die Augen und bewegte sich ganz behutsam nach vorn. Sie musste die Zähne zusammenbeißen, um nicht erneut aufzubrüllen. Es tat höllisch weh, als der Gegenstand sich langsam aus ihrem Körper zurückzog. Endlich hatte sie es geschafft und kalter Schweiß stand auf ihrer Stirn. Amys Herz raste und ihr wurde speiübel.

Sie drehte sich ganz langsam um. Ihr Blick fiel auf einen langen Zimmermannsnagel, den jemand von hinten durch die Lehne der Parkbank geschlagen hatte.

Wut machte sich in ihr breit und vertrieb für

einen kurzen Augenblick den Schmerz. Sicher waren dafür irgendwelche Jugendlichen verantwortlich, die sich einen Spaß daraus machten, andere Leute mit so einem Unfug zu verletzen.

Amy starrte auf den rostigen Nagel. An ungefähr zwei Zentimetern des Nagels haftete Blut. Zaghaft führte sie ihre Hand an ihren Rücken und tastete nach der Verletzung. Direkt unter ihren Rippen auf der rechten Seite berührte sie vorsichtig die Wunde. Als sie ihre Hand zurückzog und ihre Finger begutachtete, waren diese blutrot.

»Schöne Scheiße, das hat mir gerade noch gefehlt«, murmelte sie und hätte am liebsten gleich wieder losgeheult. Erst wäre sie um ein Haar ertrunken, dann hatte sie fast ein Sturz an den Klippern dahingerafft und nun das. Was kam als Nächstes? Wahrscheinlich würde sie von einem Bus überrollt werden, sobald sie den Park verließ.

Unbeholfen zog sie ein Taschentuch aus ihrer Hose und presste es auf die Wunde. Warum ging denn nur auf einmal alles schief?

Zum Glück war die Wunde nicht so tief, wie sie befürchtet hatte, auch wenn es höllisch blutete. Trotzdem war sie am Boden zerstört.

Amys Brustkorb schmerzte, als würde ihr Herz jeden Moment in tausend Stücke zerbersten. Gerade eben war sie noch überglücklich gewesen und einen kurzen Augenblick später, lag ihre Welt in Scherben und sie hatte sich einen rostigen Nagel in den Rücken gejagt.

Immer wieder besah sie sich das Taschentuch. Die Wunde blutete stetig weiter, jedoch nicht so schlimm, dass sie einen Arzt aufsuchen musste. Sie seufzte erschöpft und beschloss, sich ganz ihrem Selbstmitleid hinzugeben.

Über ihren Kummer vergaß sie völlig die Zeit und ihre Schmerzen.

Erst als es um sie herum unangenehm kühl wurde und Amy zu frieren begann, kehrten ihre Gedanken in die Realität zurück. Ungläubig wanderte ihr Blick über die Bäume, die nur noch als schwarze Silhouetten zu erkennen waren. Es war dunkel geworden, ohne, dass sie es wahrgenommen hatte. Wie lange hatte sie denn hier gesessen? Ein Blick auf ihre Armbanduhr verriet Amy, dass seit ihrem Aufeinandertreffen mit Tracy fast drei Stunden vergangen waren.

Sie nahm das letzte Taschentuch aus der Packung, zog ihren BH so weit nach unten, wie es ihr bei der schmerzhaften Bewegung möglich war, und stopfte es unter den Stoff, damit es die Wunde bedeckte. Die bereits benutzten, blutigen Tücher, warf sie in einen Abfalleimer.

Mittlerweile tat die Wunde kaum noch weh, außer, wenn sie eine falsche Bewegung machte. Vielleicht hatte sie sich aber auch einfach nur an den Schmerz gewöhnt.

Amy erhob sich ächzend und verließ den Park,

hatte aber keine Ahnung, wo genau sie sich befand. Suchend blickte sie zu beiden Seiten der Straße, in der sie stand.

Jetzt, da sie nicht mehr still auf der Bank saß, sondern sich bewegte, tat die Wunde bei jedem Schritt weh, doch Amy biss die Zähne zusammen und marschierte tapfer weiter.

Sie befand sich in einer dieser typischen Londoner Wohnstraßen, in der ein Haus, wie das andere aussah.

Weiße, fast identische Gebäude, säuberlich aneinandergereiht, so weit das Auge reichte und nirgendwo war ein Taxi zu sehen.

Sie zögerte einen Moment, dann drehte sie sich nach rechts und marschierte los. Während sie durch die Straße lief, schalteten sich nach und nach die Straßenlaternen ein.

Amy hatte keine Ahnung, wohin sie gehen sollte. Jessica war zwar ihre beste Freundin, doch Amy war heute nicht in der Lage, um über das zu reden, was geschehen war. Und in ihre eigene Wohnung, in der sie alles an Taylor und ihre gemeinsamen Stunden erinnerte, wollte sie nicht.

Sie lief weiter, den Blick auf den Gehweg vor sich gerichtet und versuchte die Gedanken an Taylor aus ihrem Kopf zu verbannen. Langsam beruhigte sie sich wieder.

Doch dann sah sie zur gegenüberliegenden Straßenseite, wo ein junges Pärchen Arm in Arm auf den Park zuschlenderte. Der Mann beugte sich im Gehen zu seiner Partnerin und küsste sie liebevoll auf die Stirn, woraufhin sie ihre Hand hob und ihm zärtlich über die Wange strich.

Diese Geste erinnerte Amy an Taylor und ein lautes Schluchzen drang aus ihrer Kehle. Sie blieb unweigerlich stehen. Tränen schossen ihr in die Augen und Amy bekam kaum noch Luft. Es war, als ob etwas ihren Brustkorb zusammenpresste und ihre Beine fühlten sich an, als würden sie ihr jeden Moment den Dienst verweigern.

Plötzlich war ihr alles zu viel. Von einem Weinkrampf geschüttelt machte sie ein paar Schritte auf eine der Treppen zu, die zu einem der Häuser gehörte, und setzte sich. Durch die Bewegung schmerzte die Wunde noch heftiger und Amy jaulte auf.

Sie zog die Beine vorsichtig an die Brust, legte ihren Kopf auf die Knie und begann bitterlich zu weinen.

Als sich plötzlich von hinten eine Hand auf Amys Schulter legte, zuckte sie erschrocken zusammen.

»Entschuldige bitte, ich wollte dich nicht erschrecken«, sagte eine sanfte Frauenstimme. Amy drehte sich um und sah in ein paar Augen, die die Farbe von Vollmilchschokolade hatten. Eine hübsche junge Frau mit braunem, schulterlangen Haaren sah auf sie hinab.

Die Haustür hinter ihr stand offen und kurz darauf erschien dort eine weitere Frau, mit blonden Locken und leuchtend blauen Augen.

»Was ist denn los Megan?«, erkundigte sich die Blondine neugierig.

»Ich glaube, hier braucht jemand unsere Hilfe«, antwortete die braunhaarige Frau, setzte sich neben Amy und streckte ihr vorsichtig die Hand entgegen.

»Mein Name ist Megan Bakerville«, stellte sie sich mit einem ehrlichen Lächeln vor. An ihrem Akzent erkannte Amy sofort, dass sie Amerikanerin war. Sie wischte sich die Tränen von den Wangen.

»Amy Garner«, schluchzte sie.

»Ich bin Molly«, sagte die blonde Frau, die nun auch nähergekommen war und Amy interessiert und zugleich besorgt musterte.

Megan seufzte und warf ihrer Begleiterin einen kurzen Blick zu, dann legte sie Amy eine Hand auf den Rücken.

»Möchtest du hereinkommen? Es ist ungemütlich hier draußen. Außerdem täte dir ein Glas Wein sicherlich gut.«

Amy sah zu Megan und zögerte kurz, doch dann nickte sie. Bei einem Mann hätte sie dankend abgewunken, aber diese Megan und ihre Bekannte machten nicht den Eindruck, als würden sie über Amy herfallen, sobald sie ihr Haus betreten würde.

Schweigend erhoben sich die beiden Frauen und Megan führte Amy nach drinnen, wo sie ihr in der

Küche einen Stuhl anbot, während Molly ein Weinglas aus dem Schrank holte und füllte.

Amy nahm einen gierigen Schluck und ganz langsam verebbten ihre Schluchzer.

»Möchtest du darüber reden?«, fragte Megan nach einiger Zeit.

»Ich wette, es geht um einen Mann«, warf Molly ein. »Stimmt´s, ich hab recht«, hakte sie nach, als Amy nicht sofort antwortete. Sie schluckte und nickte lahm.

Molly klatschte in die Hände und machte ein grimmiges, aber zufriedenes Gesicht. »Wusste ich es doch«, sagte sie mehr zu sich selbst.

»Bist du okay?«, erkundigte sich Megan besorgt. Amy war so gerührt, dass eine wildfremde Frau sich um ihr Wohlergehen sorgte, dass erneut Tränen in ihr aufstiegen.

»Bis auf mein Herz ist alles noch intakt«, antwortete sie leise und verzog dann den Mund. »Naja, abgesehen von dem Nagel, der sich in meinen Rücken gebohrt hat.«

Megan bekam große Augen.

»Du bist verletzt? Wo?« Sofort war auch Molly zur Stelle. Amy deutete auf die Stelle, wo ihr rotes Shirt einen dunkelroten Fleck aufwies.

»Ach du liebe Zeit«, rief Molly erschrocken, als Megan den Stoff langsam nach oben zog und sie die Verletzung sahen.

»Das sieht gar nicht gut aus«, murmelte Megan. »Wir müssen die Wunde schnellstens reinigen und verbinden. Vielleicht wäre es sogar besser, wir würden in die Notaufnahme fahren«, überlegte sie laut.

»Nein, keine Notaufnahme. Reinigen und verbinden ist okay. Es sieht schlimmer aus, als es ist«, versicherte Amy, die keinerlei Lust verspürte, sich heute auch noch mit übel gelaunten, gestressten Ärzten herumzuschlagen.

Megan nickte und richtete das Wort an Molly.

»Im Bad ist ein Verbandskasten und Jod. Holst du das bitte?«

»Aye, aye«, entgegnete Molly und salutierte kurz, bevor sie aus der Küche rauschte.

Die beiden Frauen waren sehr behutsam gewesen, als sie Amys Wunde gereinigt hatten. Trotzdem hatte sie mehrere Male laut aufgeschrien.

Molly hatte ihr Schmerztabletten auf den Tisch gelegt, doch Amy hatte abgelehnt. Viel lieber wollte sie ihre Schmerzen mit Alkohol betäuben. Die Körperlichen, wie auch die in ihrem Herz.

Molly schenkte Amy Wein nach und Megan legte behutsam eine Hand auf ihren Arm.

»So schlimm?«

Amy schloss die Augen und versuchte sich zu beruhigen. Schließlich sah sie auf und begann zu erzählen. Sie erzählte alles, was sie bedrückte. Dass sie die beiden Frauen nicht kannte, war ihr egal. Es tat gut, sich einfach einmal Luft zu machen.

Megan unterbrach Amy kein einziges Mal und nickte nur hin und wieder. Molly dagegen belegte Taylor mit allen ihr bekannten Flüchen, als Amy zu der Stelle kam, an der Tracy ihr die Tür geöffnet hatte.

»Ihr könnt sagen, was ihr wollt, Männer sind alle Schweine«, schimpfte sie in die Runde und öffnete eine weitere Flasche Rotwein.

Als Amy sich all ihren Kummer von der Seele geredet hatte, sah sie sich zum ersten Mal etwas genauer um. In der Küche standen Umzugskartons und auch im Flur konnte sie einige entdecken.

»Zieht ihr gerade hier ein?«, fragte sie neugierig. Megan, die aussah, als hätte sie angestrengt nachgedacht, blinzelte verwirrt.

»Was?«

Amy deutete auf die Kartons.

»Seid ihr gerade erst hier eingezogen?«, wiederholte sie ihre Frage. Megan lächelte, als sie endlich begriff, und schüttelte den Kopf.

»Nein, ich ziehe wieder aus«, sagte sie. Molly beugte sich zu Amy und sagte in verschwörerischem Ton:

»Sie hatte auch Stress mit ihrem Macker, aber zum Glück haben sie gerade noch die Kurve bekommen. Megan hat ihn sogar einfach hier sitzen lassen und ist zurück in die USA geflogen.«

Amy hob die Brauen und sah Megan fragend an.

»Echt?«

Die legte den Kopf in den Nacken und lachte

herzhaft.

»Ja, Logan und ich hatten so einige Hürden zu bewältigen, aber das ist eine andere Geschichte. Jetzt geht es aber um dich und um deine Probleme«, erklärte sie ruhig und biss sich anschließend nachdenklich auf die Unterlippe. »Vielleicht solltest du doch noch einmal mit deinem Freund reden?«, schlug sie vor.

»Er ist nicht mehr mein Freund, falls er es denn jemals war«, murmelte Amy leise.

Molly sog laut die Luft ein.

»Das ist doch wohl nicht dein Ernst, Meg. Der Kerl hatte seine Ex bei sich und hat sich ganz offensichtlich köstlich mit ihr amüsiert«, fauchte sie. Megan schüttelte nachdenklich den Kopf.

»Vielleicht gibt es dafür eine plausible Erklärung, auch wenn das komisch klingt, aber bei mir war es doch ähnlich. Oft führen harmlose Dinge zu großen Missverständnissen. Wenn du ihn zur Rede stellst, weißt du wenigstens genau, woran du bist«, sagte sie an Amy gerichtet.

»Nein, das kann ich nicht. Ich könnte nicht ertragen, ihn jetzt zu sehen«, flüsterte Amy.

»Vielleicht nicht gleich heute, aber du solltest es wirklich in Erwägung ziehen.«

Amy nickte und hoffte, dass Megan nicht weiter auf diesem Thema herumreiten würde. Sie konnte nicht mit Taylor sprechen. Nicht nachdem, was er ihr angetan hatte.

Die Haustür fiel ins Schloss und ein paar

Sekunden später, trat ein groß gewachsener, dunkelhaariger Mann in die Küche und sah erstaunt zu Amy. Sein lockiges Haar war leicht zerzaust und seine whiskyfarbenen Augen musterten sie interessiert.

Amy starrte den Mann an und schluckte dann laut. Alles an ihm erinnerte sie an Taylor. Beide Männer waren groß, hatten dunkle, lockige Haare, einen muskulösen Körperbau und ausdrucksstarke Augen.

»Hi Liebling«, begrüßte ihn Meg, stand auf und gab dem Neuankömmling einen zärtlichen Kuss auf die Wange. Sie deutete auf Amy. »Das ist Amy«, erklärte ihm Megan und drehte sich dann zu Amy. »Das ist Logan, mein Freund.« Während Megan ihn vorstellte, sah sie ihn so verliebt an, dass Amys Herz erneut schwer wurde.

Logan trat einige Schritte auf Amy zu und reichte ihr lächelnd die Hand. Jetzt, da er direkt vor ihr stand, nahm sie seine auffallenden Augen wahr. Sie waren heller als die von Taylor, dessen Augenfarbe eher einer Haselnuss ähnelte, aber auch dieser Mann sah verteufelt gut aus.

»Freut mich dich kennenzulernen«, begrüßte er sie mit seiner tiefen, männlichen Stimme. Amy brachte nicht mehr, als ein abgehaktes Nicken zustande. »Woher kennt ihr euch?«, erkundigte sich Logan. Megan warf Amy einen fragenden Blick zu. Sie schien auf Amys Einwilligung zu warten, ob sie Logan erzählen durfte, was geschehen war. Amy nickte und quälte sich ein Lächeln auf die Lippen.

Logan nahm auf dem einzigen noch freien Stuhl Platz und zog Megan auf seinen Schoß, die keine Zeit vergeudete und ihm alles berichtete.

Er unterbrach seine Freundin kein einziges Mal, doch seine Miene wurde immer finsterer. Als Megan fertig war, sah er zu Amy.

»Handelt es sich bei dem Kerl zufällig um Taylor Morgan?« Amy starrte ihn mit großen Augen an. Woher kannte er Taylor?

Auch Megan und Molly sahen jetzt höchst interessiert von Logan zu Amy und warteten gespannt auf ihre Antwort.

»Ja ... aber ... aber woher ...«, sie brachte den Satz nicht zu Ende, weil sich ihre Kehle zuschnürte.

»Du kennst dieses Schwein?«, rief Molly empört. Logan nickte.

»Ich kenne Taylor sogar sehr gut. Wir waren zusammen auf der Uni und hin und wieder ist er für meine Firma tätig. Ich habe auch seine Exfreundin Tracy kennengelernt«, verriet er und verzog bei ihrem Namen das Gesicht zu einer Grimasse. »Aber dass, was ihr da erzählt, passt so gar nicht zu Taylor.«

»Was meinst du damit?« Megan sah ihren Freund stirnrunzelnd an. Logan seufzte.

»Nun ja, wie ich schon sagte, ich kenne ihn recht gut. Deshalb kann ich mir einfach nicht vorstellen, dass er noch einmal etwas mit Tracy anfangen würde. Als die Beziehung mit ihr vorbei war, blühte er regelrecht auf. Seither wirkt er viel ausgeglichener und glücklicher.«

Amy hing an Logans Lippen und spürte in sich einen Funken Hoffnung aufkeimen. Sie wünschte sich nichts mehr, als dass alles nur ein dummes Missverständnis war, doch danach sah es leider nicht aus. Tracy war nur mit einem Handtuch bekleidet gewesen und im Bad hatte Amy das Rauschen der Dusche gehört. Was daran hätte sie denn falsch verstehen können?

»Vielleicht solltest du einmal mit Taylor reden, wenn ihr beide euch so gut kennt?«, schlug Molly vor.

»Nein!«, polterte es aus Amy heraus. »Ich möchte nichts mehr mit ihm zu tun haben und ich brauche auch keine Hilfe«, ergänzte sie in barschem Tonfall. Megan zuckte bei ihren Worten erschrocken zusammen und sofort tat Amy ihr unhöfliches Benehmen leid. Mit sanfterem Tonfall fügte sie hinzu: »Ich habe sie mit eigenen Augen gesehen, halb nackt in seiner Wohnung. Diese Tatsache kann ich mir nicht schönreden, so gerne ich das auch täte. Er hat mir das Herz gebrochen und ich möchte erst einige Zeit über alles nachdenken und die ganze Angelegenheit etwas sacken lassen, bevor ich entscheide, wie es weitergeht.«

Megan musterte sie, nickte dann aber zustimmend.

»Wenn du möchtest, kannst du heute gerne hier übernachten«, schlug sie Amy vor. Die lächelte, schüttelte jedoch den Kopf.

»Das ist sehr nett von euch, aber ihr habt schon genug für mich getan. Außerdem sollte ich mich so langsam mal bei meiner Freundin melden.«

Logan zog sein Smartphone aus der Hemdtasche und reichte es Amy. Lächelnd nahm sie es entgegen und wählte Jessicas Nummer.

Kapitel 23

Amy lag in ihrem Bett und starrte an die Decke. Im Zimmer war es dunkel und nur der Schein des aufgegangenen Mondes warf fahles, bläuliches Licht in den Raum.

Es war weit nach Mitternacht, aber sie war kein bisschen müde. Dazu war das Durcheinander, das in ihrem Kopf herrschte, viel zu groß.

Nachdem sie Jessica angerufen hatte, war diese sofort gekommen, um Amy abzuholen. Zuerst aber hatte Megan ihrer Freundin erzählt, was geschehen war, denn Amy war dazu nicht mehr in der Lage gewesen.

Völlig erschöpft und am Ende ihrer Kräfte war sie in Jessicas Wagen gestiegen. Megan, Molly und Logan hatte sie für alles gedankt. Sie musste den Dreien versprechen, am nächsten Tag einen Arzt aufzusuchen. Sie nickte nur knapp.

Während der ganzen Fahrt bis zu ihrer Wohnung hatte Jessica wild auf sie eingeredet. Amy hatte den Kopf gegen die Lehne gepresst und die Augen geschlossen.

Jetzt herrschte endlich Ruhe. Doch mit der Stille erschufen ihren Gedanken erneut Bilder, die ihr im Kopf herumgeisterten.

Sie kniff die Augen fest zusammen und befahl sich, an etwas anderes als an Taylor oder Tracy zu denken, doch es gelang ihr nicht.

Als der Himmel sich indigoblau verfärbte und offensichtlich war, dass der Tag anbrach, fiel Amy endlich in einen unruhigen Schlaf.

Das beharrliche Läuten ihres Festnetztelefons riss sie aus ihrem unruhigen Schlaf. Mit dem Moment, als sie die Augen aufschlug, kamen auch die Erinnerungen an den gestrigen Tag zurück und ein fester Knoten zog sich um ihren Magen zusammen.

Schlaftrunken quälte sie sich aus dem Bett und schlurfte in den Flur, wo das Telefon stand. Doch kaum hatte sie die erste schnelle Bewegung gemacht, hielt sie abrupt inne und verzog das Gesicht. Sie hatte nicht mehr an ihre Verletzung gedacht und nun schmerzte ihr ganzer Rücken. Meine Güte tat das weh.

Stöhnend lief sie zum Telefon. Es waren nur ein paar Schritte, doch bis sie dort angekommen war, hatte sich ein Schweißfilm auf ihrer Haut gebildet. Sie stützte sich mit einer Hand an der Kommode an und nahm mit der anderen den Hörer ab.

»Hallo?« Ihre Stimme klang kratzig und durch das viele Weinen am Vorabend hörte sie sich an, als habe sie eine starke Erkältung.

»Amy? Wo um alles in der Welt warst du. Ich habe die ganze Nacht versucht, dich zu erreichen.« Als Amy Taylors Stimme am anderen Ende der Leitung hörte, fuhr sie erschrocken zusammen und hielt den Hörer am ausgestreckten Arm von sich.

Mit ihm hatte sie überhaupt nicht gerechnet.

Aber weshalb rief er hier an? Wollte er Amy noch einmal persönlich unter die Nase reiben, dass er wieder mit Tracy zusammen war, um ja sicherzugehen, dass sie verstanden hatte.

»Amy?« Wie aus sehr weiter Ferne hörte sie ihn ihren Namen rufen. Ganz vorsichtig, so als habe sie etwas Hochexplosives in der Hand, senkte sich ihr Daumen auf den roten Kopf, um das Gespräch zu beenden.

Als das Telefon nur Sekunden später erneut wütend klingelte, zog Amy kurzerhand das Kabel aus der Telefonbuchse an der Wand.

Was dachte sich Taylor nur dabei, sie nach all dem, was geschehen war anzurufen? Konnte er sich denn nicht denken, wie sie sich fühlte? War er wirklich so herzlos?

Sie schlich wieder zurück in ihr Bett und legte sich vorsichtig hinein. Vielleicht sollte sie doch einen Arzt aufsuchen? Mittlerweile schmerzte ihr kompletter Rücken und ihr war abwechselnd heiß und kalt.

Seufzend zog sie sich die Decke bis zum Hals und versuchte wieder einzuschlafen.

Ein paar Stunden später klingelte Jessica. Amy ging es jetzt noch schlechter und sie war sich sicher, dass ihre Temperatur erhöht war. Sie schwitzte und wurde immer wieder von heftigem Schüttelfrost gepackt. Außerdem raste ihr Herz und wollte sich gar nicht mehr beruhigen.

»Du liebe Zeit, siehst du Scheiße aus«, begrüßte Jessica Amy. »Bist du krank?«

»Sieht so aus. Wahrscheinlich habe ich mich gestern übel erkältet, als ich stundenlang im Park gesessen habe«, erklärte Amy, glaubte aber selbst nicht daran. Sie ahnte, dass ihr Unwohlsein mit ihrer Verletzung zusammenhing, aber das sagte sie ihrer Freundin nicht.

Während Jessica Kaffee kochte, nahm sie zwei Schmerztabletten und erzählte ihrer Freundin von Taylors Anruf.

Jessica war außer sich vor Wut und verfluchte ihren Cousin. Es war ein seltsames Gefühl, mit Jessica über Taylor zu reden, denn schließlich waren die beiden verwandt. Sie wollte ihre beste Freundin nicht in die unangenehme Lage bringen, Partei ergreifen zu müssen.

Doch Jessica war da anscheinend anderer Meinung. Sie schimpfte und zeterte, was das Zeug hielt und ließ kein gutes Haar an Taylor.

»Dieser dämliche Idiot. Wie kann er sich nur wieder mit dieser Schnepfe einlassen? Jetzt, wo er endlich glücklich war?«

»Warum gibt es keine Tabletten, die einen alles vergessen lassen?«, seufzte Amy leise.

Bevor Jessica antworten konnte, klingelte es an der Tür. Erschrocken sah Amy zu ihrer Freundin.

»Was, wenn das Taylor ist?«, flüsterte sie aufgeregt.

»Das werden wir gleich herausfinden«,

beschloss Jessica und stampfte wie ein Bulle aus dem Zimmer.

Amy machte sich in ihrem Sessel klein, schloss die Augen und konzentrierte sich ganz auf ihr Gehör.

Sie meinte eine Männerstimme zu erkennen, konnte sie aber nicht zuordnen.

Dann sprach Jessica laut und deutlich.

»Klar, komm rein.« Amy richtete sich erschrocken im Sessel auf. Jessica hatte doch wohl hoffentlich nicht Taylor hereingebeten?

Doch statt Taylor trat Logan ins Wohnzimmer. Amy versuchte an ihm vorbeizuspähen, ob Megan und Molly ihn begleitet hatten, doch sie konnte niemanden sonst erblicken.

»Logan?«

Er lächelte und hob die Hand zum Gruß.

»Hi Amy, tut mir leid, dass ich einfach so hier hereinplatze, aber es ist wichtig«, informierte er sie, hielt dann aber inne und sah sie mit gerunzelter Stirn an. »Geht es dir nicht gut?«, fragte er besorgt. Sein Blick wanderte zu ihrer Stirn, auf der der Schweiß stand.

»Hab mir anscheinend was eingefangen«, erklärte sie und tat seine Bemerkung mit einer kurzen Geste ab.

Jessica trat unschlüssig von einem Bein aufs andere.

»Ich lasse euch beide wohl mal besser allein«, sagte sie schließlich, warf einen vielsagenden Blick zu Amy und verließ das Zimmer.

Amy zog erstaunt die Brauen nach oben und sah ihrer Freundin sprachlos nach. Dass Jessica sich entgehen ließ, was Logan zu sagen hatte, war ja etwas ganz Neues. Sie richtete ihren Blick wieder auf den groß gewachsenen Mann.

»Was ist los?«

»Darf ich?« Logan deutete auf die Couch.

»Oh, ja natürlich«, antwortete Amy. Er setzte sich und verschränkte die Finger ineinander, dann sah er sie lange an und Amy wurde ganz mulmig zumute.

Gerade als sie es nicht mehr aushielt und ihn fragen wollte, was um alles in der Welt denn los sei, holte er tief Luft.

»Ich habe heute mit Taylor geredet«, sagte er leise. Amy sah ihn entsetzt an.

»Du hast ... Taylor ... du hast ihn gesehen?«, erkundigte sie sich stammelnd. Er nickte.

»Das Ganze hat mir keine Ruhe gelassen und ich habe ihn aufgesucht«, gab er zu. Amy sprang auf und biss sich vor Schmerz auf die Innenseite ihrer Backe. Sie legte ihre Hand auf die Sessellehne, um sich abzustützen, denn ihre Knie wurden weich.

»Mit dir stimmt doch was nicht«, stellte Logan besorgt fest und machte Anstalten ihr zu helfen. Amy hob abwehrend die Hand.

»Bin nur zu schnell aufgestanden. Es geht schon wieder«, log sie. »Was fällt dir eigentlich ein, mit Taylor zu reden?«

Sie warf ihm einen empörten Blick zu. Das, was sie Logan, Megan und Molly erzählt hatte, war im Vertrauen geschehen. Er machte eine beschwichtigende Handbewegung und bat Amy, sich zu setzen.

»Hör mir doch erst einmal zu, bevor du ausflippst«, bat er sie. Amy schnaubte und atmete dann tief durch, ehe sie sich wieder an ihn wandte.

»Okay, ich höre?« Sie setzte sich wieder in den Sessel und sah Logan erwartungsvoll an.

Der kratzte sich am Kinn und sah einige Sekunden nachdenklich an die Decke. Anscheinend suchte er nach den passenden Worten.

»Also gut. Ich bin zu Taylor gefahren, weil ich wütend auf ihn war und das Ganze mir einfach keine Ruhe gelassen hat. Ich wollte ihn zur Rede stellen. Taylor war sichtlich verwirrt, als ich ihn mit all dem konfrontiert habe, was du uns erzählt hast«, verriet er.

Amy schluckte den Kloß hinunter, der ihr in der Kehle festsaß. Sie wollte etwas sagen, brachte aber keinen Ton heraus.

Logan musterte sie.

»Er wusste überhaupt nicht, wovon ich spreche und als ich ihm die Sache mit Tracy an den Kopf geworfen habe, hat er gar nichts mehr verstanden.«

»Ich weiß doch, was ich gesehen habe«, intervenierte Amy leicht angefressen.

»Das habe ich ihm auch gesagt, aber dann hat er mir etwas gezeigt, das mich überzeugt hat.«

Amy legte die Stirn in Falten und sah erwartungsvoll zu Logan. Sie konnte sich nicht vorstellen, dass es etwas gab, was Taylors Weste reinwaschen konnte. Sie hatte Tracy doch mit eigenen Augen gesehen.

Sie verschränkte die Arme vor der Brust und sah Logan trotzig an.

»Und was soll das sein?«

Er rang die Hände und warf einen unsicheren Blick zum Fenster.

»Das soll er dir am Besten selbst erklären. Er wartet draußen im Auto«, gestand er.

Eine ganze Weile glotzte Amy Taylor ungläubig an, dann schüttelte sie heftig den Kopf.

»Ich will ihn nicht sehen«, keifte sie und sprang auf. Wieder vergaß sie ihre Verletzung und diesmal begann sie bedenklich zu schwanken, als ein Schmerz durch ihren ganzen Körper fuhr. Logan war sofort an ihrer Seite und stützte sie.

»Ich glaube, ich sollte dich besser zu einem Arzt bringen. Du gefällst mir gar nicht.« Er legte seine Hand auf ihre nasse Stirn und sog scharf die Luft ein. »Himmel, du glühst ja.«

»Ich sagte bereits, dass es mir gut geht. Nur eine leichte Sommergrippe. Nichts, worüber du dir Sorgen machen müsstest«, versuchte sie ihn zu beruhigen, doch er sah sie zweifelnd an.

»Das sieht mir aber nicht nur nach einem

grippalen Infekt aus«, widersprach er.

Amy löste seine Hand von ihrem Arm und setzte sich. Taylor blickte unschlüssig auf sie herab.

»Weshalb hast du ihn mitgebracht?«, fragte sie anklagend und faltete die Hände im Schoß zusammen, damit er nicht bemerkte, wie sehr sie zitterte.

»Du solltest dir das wirklich anhören, was er zu sagen hat, Amy. Glaub mir«, bat er sie eindringlich. »Megan und Molly sind bei ihm und auch sie sind der Meinung, dass du ihm die Chance geben solltest, alles zu erklären.«

Als er die Namen der Frauen erwähnte, sah Amy auf. Sie mochte die beiden und hatte sofort Vertrauen zu ihnen gefasst, deshalb stimmte sie schließlich zu.

»Gut, er bekommt genau fünf Minuten«, entschied sie. So lange würde sie noch durchhalten. Logan lächelte, zog sein Handy aus der Tasche und wählte eine Nummer.

»Ihr könnt kommen«, hörte sie Logan sagen.

Kapitel 24

Taylor sah furchtbar und extrem unglücklich aus. Fast hätte Amy Mitleid empfunden, doch dann sah sie wieder Tracy vor ihrem geistigen Auge.

»Was hast du mir zu sagen?« Ihre Stimme war eiskalt. Taylor stand vor dem großen Fenster und hatte die Hände in seinen Hosentaschen vergraben. Alle anderen hatten auf dem Sofa Platz genommen und sahen teils interessiert, teils verlegen zwischen den beiden hin und her.

Megan schenkte Amy ein beruhigendes Lächeln und Molly rutschte unruhig auf ihrem Hinterteil herum. Jessica hatte sich neben Amy auf die Sessellehne gesetzt und sah neugierig zu Taylor.

Er nahm die Hände aus den Hosentaschen und zog ein gefaltetes Stück Papier heraus. Anschließend machte er ein paar Schritte auf Amy zu und hielt ihr das Papier vor die Nase.

»Was ist das?«, fragte sie argwöhnisch.

»Sieh es dir an«, forderte Molly sie auf und ein Schmunzeln legte sich auf die Züge der blonden Frau. Amy faltete das Papier auf. Es handelte sich um ein Flugticket.

»Und was soll mir das jetzt sagen?«, erkundigte sie sich kühl. Sie sah Taylor finster an, während ihr der Schweiß aus allen Poren rann und sie sich mit jeder Minute elender fühlte.

»Das ist mein Flugticket von gestern Abend«, erklärte er und deutete darauf.

»Und?«

»Sieh auf die Uhrzeit«, bat er Amy. Sie seufzte, verdrehte die Augen und richtete ihren Blick dann auf das Ticket, wo sie nach der Zeitangabe suchte.

Endlich fand sie die Zeile, musste sie aber mehrere Male lesen, bis sie verstand. Sie erstarrte.

»Das ist unmöglich«, flüsterte Amy.

»Ist es nicht. Die Besprechung hat länger gedauert, als ich dachte und ich konnte erst die Maschine um 21 Uhr nehmen. Ich bin kurz nach Mitternacht in London gelandet. Wenn du mir nicht glaubst, hier ist die Taxiquittung«, teilte er Amy mit und reichte ihr ein weiteres Stück Papier.

Sie nahm es, sah es sich aber nicht an. Sie war damit beschäftigt, ihre Gedanken zu ordnen. Wenn es stimmte, was Taylor da sagte, dann konnte er nicht in der Wohnung gewesen sein, als Tracy ihr die Tür geöffnet hatte.

Taylor griff in seine Gesäßtasche, zog etwas Schwarzes heraus und legte es vor Amy auf den Tisch. Entgeistert starrte sie auf ihr eigenes Handy.

»Wo hast du das her?«

Taylor seufzte.

»Ich war vorhin bei Tracy. Logan war so nett, mich zu begleiten«, verriet er und nickte seinem Freund zu.

»Bei Tracy?«

»Es hat einige Zeit gedauert, bis sie endlich mit

der Wahrheit herausrückte.«

»Welche Wahrheit?« Amy verstand nur noch Bahnhof. Außerdem war ihr schlecht und ihr Herz raste, als wolle es einen neuen Rekord aufstellen.

»Tracy hat mir gestanden, dass sie dein Handy an sich genommen hat, nachdem du es bei Jessy vergessen hast. Deshalb hat auch sie meine SMS erhalten und nicht du. Sie wusste, dass ich erst gegen Mitternacht nach Hause kommen würde. Du hattest jedoch erzählt, dass du schon am frühen Abend zu mir gehen wolltest.« Er machte eine kurze Pause und fuhr sich durchs Haar. »Da wir lange zusammen waren und sie dem Hausverwalter deshalb bekannt ist, bat sie ihn einfach um den Ersatzschlüssel. Sie sagte, wir seien wieder zusammen und sie hätte ihren eigenen Schlüssel vergessen. Mr Pomfrey dachte sich nichts dabei und hat ihn ihr bereitwillig ausgehändigt. Dann musste sie nur noch warten, bis du vor der Tür stehst, um ihre kleine Show zum Besten zu geben.«

Amy lauschte Taylors Worten mit weit aufstehendem Mund und großen Augen.

»Dann warst du gar nicht bei ihr?«

Sein Gesichtsausdruck verdüsterte sich, als er den Kopf schüttelte.

»Natürlich nicht.« Er sah sie lange an. »Was mich aber noch mehr ärgert, als Tracys Intrige ist, dass du mir nicht vertraust«, sagte er schließlich und klang dabei härter als er beabsichtigte.

Amys Augen füllten sich mit Tränen. Tränen der Erleichterung, der Wut und der Verzweiflung.

»Wie hättest du denn reagiert, wenn du an meiner Stelle gewesen wärst?«

»Ich wäre nicht Hals über Kopf davongelaufen und hätte mir kein so vorschnelles Urteil gebildet«, fuhr er sie an.

Nun gewann die Wut in Amy wieder die Oberhand und das Adrenalin half ihr, sich aufrecht zu halten und nicht auf der Stelle zusammenzubrechen.

»Du warst es doch, der vorgeschlagen hat, dass wir es langsam angehen sollten, ganz ohne Verpflichtungen. Das hast du gesagt«, schrie sie aufgeregt. »Du hast mir niemals verraten, was du für mich fühlst. Ich wusste nicht, ob es zwischen uns etwas Ernstes ist oder nicht. Da ist es doch kein Wunder, dass ich solche Schlüsse ziehe, wenn ich deine halb nackte Exfreundin in deiner Wohnung vorfinde.« Ein heftiger Schluchzer schüttelte sie.

Sie rechnete damit, dass er versuchen würde, sie zu beruhigen, doch genau das Gegenteil war der Fall. Taylor wurde wütend und funkelte sie finster an.

»Zu einer richtigen Beziehung gehört Vertrauen Amy und daran mangelt es dir ...«, begann er. Ihre Hand schoss nach oben, um ihm Einhalt zu gebieten. Er verstummte augenblicklich.

Sie konnte nicht fassen, was er da von sich gab.

War es denn so absurd, dass sie die falschen Schlüsse gezogen hatte? Jeder in ihrer Situation hätte das Gleiche gedacht, oder? Und jetzt warf er ihr vor, dass sie kein Vertrauen zu ihm hatte.

Amy sah silberne Punkte vor ihren Augen. Die Verletzung an ihrem Rücken brannte wie Feuer und der Schmerz war kaum noch auszuhalten. Sie hatte jetzt nicht die Kraft, weiter mit Taylor zu streiten. Amy fühlte sich hundeelend.

»Raus«, sagte sie leise, aber deutlich. Taylor starrte sie fassungslos an, nickte dann kurz und stürmte aus dem Zimmer.

Mit einem gequälten Lächeln richtete sie das Wort an die anderen.

»Es tut mir leid, dass ihr das hier mitbekommen habt, aber ich wäre euch wirklich dankbar, wenn ihr mich jetzt alleine lassen könntet.«

Megan sah fragend zu Logan, der knapp nickte, sich erhob und seine Freundin mit sich zog.

»Aber ich bleibe hier«, intervenierte Jessica. Amy schüttelte den Kopf.

»Sei nicht böse, aber ich brauche jetzt etwas Ruhe«, erklärte sie. Jessica schob schmollend die Unterlippe nach vorn.

»Ich bin mir nicht sicher, ob es so eine gute Idee ist, dass du jetzt alleine bleibst. Du siehst furchtbar aus«, sagte Megan und strich Amy über den Arm. »Ich würde mich erheblich wohler fühlen, wenn du uns erlaubst, dich zu einem Arzt zu fahren.«

»Danke, aber das ist nicht nötig. Ich brauche nur

etwas Schlaf und Ruhe«, versicherte ihr Amy. Megan seufzte unglücklich.

»Aber du rufst sofort an, wenn es dir schlechter geht. Egal zu welcher Uhrzeit«, sagte Megan ernst.

Amy nickte lahm. Sie begleitete die Gruppe zur Tür, was ihr nicht leicht fiel, da sie sich kaum noch auf den Beinen halten konnte. Mittlerweile war sie am ganzen Körper so fiebrig, dass man ein Ei auf ihr hätte braten können.

»Ich melde mich, wenn ich ausgeschlafen habe«, versprach sie am Treppenabsatz. Megan nickte und Logan warf ihr einen besorgten Blick zu, während er hinter seiner Freundin die Treppe nach unten stieg.

Da plötzlich geschah es. Vor Amys Augen blitzen silberne Punkte auf, gefolgt von einem schwarzen Schleier und sie begann zu schwanken. Sie versuchte nach dem Treppengeländer zu greifen, um sich abzustützen, doch sie griff ins Leere. Ihre Knie gaben nach und sie kippte nach vorn, genau auf die Treppe zu.

Amys Lider flackerten, als sie fiel. Sie nahm nur noch einen dunklen Schatten wahr, der sich polternd auf sie zubewegte. Dann umfassten zwei starke Arme ihre Taille und fingen sie auf.

»Danke«, murmelte Amy schwach, bevor sie vollständig das Bewusstsein verlor.

Kapitel 25

»Aaaamyyyyy!«

Taylor stand an Logans Auto gelehnt und hatte gerade versucht, sich etwas zu beruhigen, als Jessicas entsetzter Schrei ertönte. Er rannte sofort los, stieß die Tür auf und flog förmlich die Stufen nach oben.

Das Bild, welches sich ihm vor Amys Wohnung bot, ließ Taylor das Blut in den Adern gefrieren.

Logan kniete mitten auf der Treppe und hielt Amy in den Armen, die sich nicht rührte. Megan redete weinend auf sie ein und Molly schrie aufgeregt in ihr Handy. Er bekam nur am Rande mit, dass sie mit dem Notruf telefonierte.

Er stürzte zu Logan, legte seine Arme unter Amys Schulter und Knie und zog sie zu sich.

»Was ist passiert?«, erkundigte er sich aufgeregt und musterte das aschfahle Gesicht der Frau, die er liebte.

Taylor verspürte eine Angst, die er nie für möglich gehalten hatte.

»Sie ist einfach umgekippt«, erklärte Megan leise und strich Amy die schweißnassen Haare aus dem Gesicht.

»Was hat sie?«, fragte er ängstlich. »Baby, ich bin hier. Es wird alles gut«, flüsterte er Amy ins Ohr.

»Ich bin mir nicht sicher, aber ich glaube, es hat

mit ihrer Verletzung zu tun.« Megans Stimme klang besorgt.

»Welche Verletzung?«, wollte er wissen und zog Amy noch dichter zu sich. In ein paar raschen Sätzen erzählte Megan von Amys Wunde.

Taylor fluchte und zusammen drehten sie Amy ein wenig auf die Seite, um einen Blick auf ihre Verletzung werfen zu können.

»Der Rettungswagen wird in fünf Minuten hier sein«, teilte ihnen Molly mit, die ihr Gespräch beendet hatte. Sie ging zu Jessica, die weinend an der Wand stand und entsetzt auf Amy herabsah.

»Hilfe kommt gleich«, versicherte sie ihr und nahm sie in den Arm.

Unterdessen hatten Megan und Taylor Amys Shirt nach oben gerollt und das Wundpflaster entfernt. Als Amys Verletzung zum Vorschein kam, keuchten beide entsetzt auf.

Die Wunde hatte sich entzündet und Eiter trat heraus. Amys halber Rücken war feuerrot.

»Was ist denn mit ihr?«, schluchzte Jessica.

»Ich weiß es nicht«, antwortete Taylor. Seine Augen waren feucht und in ihnen spiegelte sich pure Angst. Er konnte sich nicht vorstellen, ohne Amy zu leben und der Gedanke, sie könnte vielleicht sterben, brachte ihn fast um den Verstand. Amy war ein Teil von ihm geworden. Weshalb nur, hatte er ihr das nicht schon längst gesagt?

Ein Blick auf ihren Brustkorb beruhigte ihn ein

wenig. Sie atmete. Doch dann stellte er fest, dass ihre Atmung viel zu schnell und extrem flach war.

»Wo bleibt denn der Notarzt?«, schrie er aufgebracht. Taylor beugte sich zu Amy und küsste sanft ihre schweißgebadete Stirn. »Bald kommt Hilfe.«

Von Weitem waren Sirenen zu hören, die immer lauter wurden, je näher der Rettungswagen kam. Megan stürzte nach unten, um den Sanitätern den Weg zu weisen.

»Hörst du, der Arzt ist gleich hier. Dann wird es dir bald wieder besser gehen«, flüsterte Taylor und Tränen rannen ihm über die Wangen. Er legte seine Hand an ihren Hals. Amys Puls war schwach, viel zu schwach.

»Verdammt noch mal, wo bleiben die Sanitäter?«, brüllte er erneut. Blanke Panik lag in seiner Stimme. Kurz darauf erklang ein lautes Poltern. Ein Notarzt, gefolgt von zwei anderen Männern hastete die Treppe nach oben. Sie gingen neben Megan und Taylor auf die Knie.

»Was genau ist passiert?«, wollte der Notarzt wissen, während er sein Stethoskop auf Amys Brust legte.

Rasch erzählte ihm Megan von Amys Verletzung und wie genau sie sich diese zugezogen hatte. Der Arzt nickte und bellte den beiden Sanitätern Anweisungen zu.

»Wir müssen sie sofort ins Krankenhaus bringen«, teilte er Taylor mit, der Amy immer noch fest in seinen Armen hielt.

»Sir, sie müssen die Patientin loslassen, damit wir sie auf die Bahre legen können«, redete der Arzt auf ihn ein. Erst als Logan zu Taylor trat und ihm eine Hand auf die Schulter legte, gab er Amy schließlich frei.

Taylor hatte dunkle Ringe unter den Augen. Er saß auf einem Stuhl neben Amys Bett und streichelte sanft über ihren Arm.

Sein Blick wanderte zu der Infusion, die an einem Ständer neben ihrem Bett hing und stetig Flüssigkeit in den Schlauch abgab, der mittels einer Kanüle an Amys Handrücken angebracht war.

Megan, Molly, Jessica und Logan hatte er in die Cafeteria geschickt. Sie waren, wie auch er, schon seit über fünfzehn Stunden hier und hatten sich geweigert, nach Hause zu fahren.

Als Dr. Drey, der behandelnde Arzt zu ihm gekommen war und Taylor gefragt hatte, ob er ein Verwandter sei, hatte er gesagt, dass Amy und er verlobt waren. Diese Notlüge war notwendig gewesen, da er sonst keine Auskunft über ihren Gesundheitszustand erhalten hätte.

Jetzt, wo er darüber nachdachte, gefiel ihm der Gedanke. Er konnte sich gut vorstellen, gemeinsam mit Amy alt zu werden.

Er sah in ihr blasses Gesicht und seufzte. Fast

hätte er sie für immer verloren. Er mochte gar nicht daran denken.

Der Arzt hatte ihm mitgeteilt, dass sie kurz vor einer schweren Sepsis gestanden hatte. Eine lebensgefährliche Blutvergiftung.

Durch den rostigen Nagel hatte sich die Wunde entzündet. Amys Immunsystem hatte verrückt gespielt. Anstatt die Entzündung einzudämmen, hatte ihr Abwehrsystem versagt und sogar dazu beigetragen, die Giftstoffe in ihrem Blut rasend schnell zu verteilen.

Taylor schüttelte den Kopf, um den Gedanken daran zu vertreiben. Amy war am Leben, alles andere war unwichtig.

Sie würde eine nicht unerhebliche Zeit im Krankenhaus bleiben müssen, bis sie wieder vollständig hergestellt war, aber das war egal. Hauptsache sie würde wieder gesund werden.

Nun wartete der Arzt noch auf Amys Laborergebnisse. Es war nämlich durchaus möglich, dass sie durch die Sepsis Organschäden davongetragen hatte. Taylor betete zu Gott, das dem nicht so war. Irgendwann nickte er erschöpft ein.

Die Tür öffnete sich und Taylor schrak hoch. Eine grauhaarige Ärztin trat ein und lächelte. Sie hielt ein Klemmbrett in der Hand und trat vor Amys Bett. Taylor sah sie stirnrunzelnd an.

»Wo ist Dr. Drey?«, erkundigte er sich.

»Ich nehme an, er ist zu Hause und schläft«, antwortete sie schmunzelnd und streckte Taylor die Hand entgegen. »Ich bin Dr. Willow und bin für die Nachtschicht zuständig«, erklärte sie in mildem Tonfall.

Taylor nickte. Natürlich hatten die Ärzte hier auch irgendwann Feierabend.

»Wissen sie schon mehr?«, wollte er wissen und ignorierte den Knoten, der sich in seinem Bauch gebildet hatte.

Dr. Willow nickte.

»Ich habe eben die vorläufigen Ergebnisse bekommen«, sagte sie und überflog das Papier auf ihrem Klemmbrett. Taylor schluckte und sah sie erwartungsvoll an.

»Die Werte ihrer Verlobten sehen gut aus. Niere und Leber sind ein wenig erhöht, aber ich bin zuversichtlich, dass diese sich wieder auf einem normalen Level einpendeln, wenn sie vollständig geheilt ist. Alle anderen Werte sind im Normalbereich«, teilte sie ihm mit.

Taylor schloss die Augen und seufzte erleichtert.

»Danke«, flüsterte er.

»Ich werde in einer Stunde wieder nach der Patientin sehen. Sie braucht jetzt viel Ruhe«, ließ ihn Dr. Willow noch wissen. Sie schenkte Taylor ein aufmunterndes Lächeln und verließ das Krankenzimmer.

Kaum hatte sie die Tür hinter sich geschlossen, legte Taylor seinen Kopf auf Amys Bauch und begann zu weinen.

Als er eine Hand spürte, die ihm schwach über das Haar strich, sah er auf. Amy lächelte. Sie war immer noch blass und sah erschöpft aus, aber sie lächelte.

»Ich liebe dich«, flüsterte Taylor. »Ich habe mich in dem Augenblick in dich verliebt, als ich dich zum ersten Mal sah und ich werde dich immer lieben.«

Amys Augen wurden groß und Feuchtigkeit sammelte sich in ihnen. Als eine große Träne über ihre Wange kullerte, wischte er sie mit dem Daumen weg.

»Ich liebe dich auch«, krächzte sie mit rauer Stimme.

Epilog

»Meine Güte, wie lange brauchst du denn noch?« Taylor trat unruhig von einem Bein aufs andere, während er Amy dabei beobachtete, wie sie sich zum vierten Mal umzog.

»Hey, dräng mich nicht. Schließlich macht Logan Megan heute einen Heiratsantrag. Da muss alles perfekt sein, auch die Gäste«, erklärte sie ihm. Er seufzte und warf die Arme in die Luft.

»Von dem Antrag werden wir nur leider nichts mitbekommen, wenn du noch länger brauchst.«

»Bin ja schon fertig«, schnaubte sie und präsentierte ihm ihr schwarzes Kleid mit einer eleganten Drehung.

»Du siehst perfekt aus«, sagte er ehrfürchtig, nahm sie in den Arm und küsste sie.

Amy schob ihn kichernd von sich.

»Wenn du jetzt rumknutschen willst, muss ich danach mein Make-up erneuern und das willst du doch nicht, oder?«

Er grunzte belustigt, nahm ihre Hand und zog sie hinter sich aus der Wohnung.

Während Taylor sich auf die Straße konzentrierte, sah Amy aus dem Fenster.

Vor fast einem Monat war sie aus dem Krankenhaus entlassen worden. Glücklicherweise hatten sich Dr. Willows Vermutungen bestätigt und Amys Werte hatten sich allesamt normalisiert. Sie war noch einmal mit einem blauen Auge davongekommen, das wusste sie.

Kurz nach ihrer Entlassung hatte Taylor ihr vorgeschlagen, zu ihm zu ziehen. Amy hatte kurzerhand zugesagt und diese Entscheidung keine Sekunde bereut. Das Zusammenleben mit Taylor war wundervoll.

Die Tatsache, dass Amy fast ums Leben gekommen wäre, hatte Taylor anscheinend wachgerüttelt. Seit dem Tag ihrer Entlassung schwirrte er um sie herum und las ihr jeden Wunsch von den Augen ab.

Manchmal wurde es selbst Amy zu viel, doch insgeheim genoss sie seine Fürsorge.

Vor drei Tagen hatte Logan den beiden verraten, dass er Megan um deren Hand bitten wollte. Zu diesem Zweck hatte er einen Tisch in einem der besten Londoner Restaurants bestellt. Er wollte, dass Amy und Taylor dabei waren, wenn er diesen wichtigen Schritt wagte, und bat beide zu kommen. Nur zu bereitwillig hatten sie die Einladung angenommen.

Auch Molly und Jessica würden anwesend sein.

Amy freute sich für Megan und konnte es gar nicht erwarten, deren Gesicht zu sehen, wenn Logan vor ihr auf die Knie gehen würde.

Amy warf einen verstohlenen Blick zu Taylor, der konzentriert auf die Straße sah und ihr Herz begann, wie wild in ihrer Brust zu hüpfen.

Meine Güte, wie sehr sie diesen Mann liebte. Er trug sie auf Händen und las ihr jeden Wunsch von den Augen ab. Und seit sie fast gestorben war, sagte er ihr mehrmals täglich, dass er sie liebte.

Taylor hielt direkt vor dem Restaurant und übergab den Schlüssel einem Angestellten des Parkservice. Er legte seinen Arm um Amys Schulter und sie betraten gemeinsam das Restaurant.

Molly, Megan, Jessica und Logan waren schon da. Jessica winkte ihnen aufgeregt zu und grinste über das ganze Gesicht. Taylor rückte Amy den Stuhl zurecht. Dann setzte er sich neben sie.

Logan hatte ihnen verraten, dass er Megan den Antrag beim Dessert machen würde. Amy konnte es gar nicht erwarten, Vorspeise und Hauptgang hinter sich zu bringen. Sie selbst schlang ihr Essen förmlich hinunter und musste sich beherrschen die anderen nicht anzuschreien, weil die so genüsslich auf ihren Tellern herumstocherten, anstatt ihr Essen so schnell wie möglich hinunterzuwürgen. Immer wieder sah sie verstohlen zu Megan und fragte sich, ob die etwas von Logans Absichten ahnte.

Als der Kellner die Teller des Hauptganges abräumte, rutsche Amy unruhig auf ihrem Stuhl herum. Taylor griff unter dem Tisch ihre Hand und drückte sie.

»Wenn du so weiter machst, kommt Megan uns auf die Schliche«, flüsterte er ihr zu. Sie nickte und zwang sich zur Ruhe, was aber gar nicht so leicht war.

Schließlich servierte man das Dessert und Amy hielt es kaum noch aus vor Anspannung. Ihr Blick wanderte über Logans schwarzes Jackett.

Wo er den Ring wohl versteckt hatte? Und wie der Ring wohl aussehen würde? Sicher war es ein riesiger Diamant. Logan war sehr wohlhabend und konnte es sich leisten.

Plötzlich rutsche Taylor seinen Stuhl zurück und erhob sich.

»Du kannst doch jetzt nicht auf die Toilette, nicht jetzt!«, zischte Amy. Er sah sie an und lächelte.

Amy runzelte die Stirn. »Setz dich wieder«, bat sie ihn. Er würde noch alles ruinieren. Statt wieder Platz zu nehmen, ging Taylor vor ihr auf die Knie und zog ein kleines, schwarzes Schmuckkästchen aus seinem Jackett.

Nun hatten auch einige der anderen Gäste mitbekommen, was gerade geschah. Ein lautes Tuscheln begann und dann wurde es ganz still. Alle Blicke waren auf Taylor und Amy gerichtet.

Amy sah verwirrt zu ihrem Freund, der genau in diesem Moment den Mund öffnete.

»Amy, für jeden Menschen gibt es den perfekten Partner. Diesen Menschen zu finden, kommt einem Wunder gleich. Ich habe dieses Wunder erlebt, als ich dir begegnet bin. Du bist die Frau, die ich liebe und die ich bis zu meinem letzten

Atemzug lieben werde. Durch dich ist mein Leben vollkommen geworden. Ich möchte mit dir zusammen eine Familie gründen und alt werden. Und ich verspreche dir, dass ich dich auch noch über den Tod hinaus lieben werde. Amy Garner, möchtest du meine Frau werden?«

Taylor klappte den Deckel des Ringetuis auf und Amy starrte auf einen funkelnden Solitärring. Ihr Blick wanderte zu seinem Gesicht.

»Du ... das ist ..., aber ich dachte ... ein Heiratsantrag«, stammelte sie.

Er grinste und nickte.

»Und?« Er sah sie erwartungsvoll an. Amys Blick wanderte zu Megan, die sich eine Träne von der Wange wischte und sie anlächelt, dann wieder zurück zu Taylor. Seine haselnussbraunen Augen sahen in die ihren und Amy spürte die Schmetterlinge in ihrem Bauch.

Ein leises Schluchzen stahl sich aus ihrer Kehle, als sie nickte.

»Ja, ich will deine Frau werden«, antwortete sie schließlich, als sie ihre Stimme wiedergefunden hatte.

»Ein Hoch auf das frisch verlobte Paar«, schrie ein älterer Herr vom Nebentisch und hob sein Glas. Alle anderen Gäste taten es ihm gleich und erhoben ihre Gläser.

»Ein Hoch auf das frischverlobte Paar«, riefen alle wie im Chor.

Taylor nahm den Ring und streifte ihn vorsichtig

über Amys Finger.

Sie beobachtete ihn dabei lächelnd.

»Logan wird Megan heute gar keinen Heiratsantrag machen. Das habt ihr nur gesagt, damit ich keinen Verdacht schöpfe, nicht wahr?«

»Hat ja auch wunderbar geklappt«, entgegnete Taylor breit grinsend. Er stand auf, zog Amy zu sich und küsste sie.

Tosender Applaus entbrannte im ganzen Restaurant.

»Du hast mich eben zum glücklichsten Mann auf der Welt gemacht«, flüsterte Taylor, ohne die Lippen von ihren zu lösen. »Ich liebe dich, Baby.«

»Ich liebe dich«, antwortete Amy und küsste Taylor erneut.

Ende

Ach übrigens, Megan Bakerville, die sich in diesem Roman so rührend um Amy kümmerte, hat eine eigene Trilogie, die ebenfalls als Kindle-Edition erschienen ist:

Plötzlich verliebt (Band 1)
ISBN-13: 978-1482502039

Plötzlich verlobt (Band 2)
ISBN-13: 978-1482511703

Plötzlich verheiratet (Band 3)
ISBN-13: 978-1482516678

Oder gleich alle drei Teile als Sammelband:

Plötzlich verliebt ... verlobt ... verheiratet
Megan Bakerville Sammelband

ISBN-13: 978-1484091562

Mehr Infos zur Autorin und den Büchern unter:

www.petra-roeder.com

Danksagung:

Ein dickes Dankeschön geht an meine fleißigen Testleser: Silke Peetz, Ingrid Kunantz, Jasmina Breitfeld und Markus Böhmer.

3218166R00151

Printed in Germany
by Amazon Distribution
GmbH, Leipzig